溺愛関係　御曹司養成所

夢乃咲実

幻冬舎ルチル文庫

CONTENTS ✦目次✦

✦カバーデザイン＝コガモデザイン
✦ブックデザイン＝まるか工房

イラスト・すずくらはる✦

溺愛関係　御曹司養成所

午後の自習室は、八割ほど埋まっている。

もちろんそれは、勉強熱心な生徒が多いという表れでもあるが、それよりもここが今、学院の中で一番過ごしやすい部屋だという理由でもあるかもしれない。

開け放った窓の外は、手入れの行き届いた広い芝生だ。遥《はる》か遠くに、広大な敷地を囲む防風林の列が見え、その向こうからかすかに潮の香りを含んだ穏やかな風が吹いてくる。

空は初夏の雲を浮かべた優しい青だ。

「ああ、なんか寝そう」

目の前で教科書を広げていた友人があくびをして、思わずつられそうになった翔也《しょうや》は笑い出した。

「なんであくびってうつるのかな」

「あ、俺それ、来月の自主研究課題にしようかなあ」

別な一人が口を挟む。

「そお？　だったら、どうやったらうつらないかまで突き止めてよ」

翔也が言うと、

「頑張ってみる」

相手は真面目《まじめ》な顔で頷《うなず》く。

翔也たちの学年は全部で十二人、「外の世界」で言えば中学二年生にあたる。

六歳ぐらいのときには二十人以上いたと記憶しているのだが、一人減り二人減りで、今はそれだけになっている。

人数が少なく、物心ついたときから学院の中で一緒に育っているので、全員が兄弟のような関係だ。

血縁関係はないのだが共通する雰囲気があるとすれば、制服の白と水色のブレザーをきちんと着て、ネクタイもきれいに締めていたり、しゃんと背筋を伸ばして椅子《いす》に座る姿勢など、全体に「躾《しつけ》の行き届いた、育ちのいい」雰囲気を漂わせているところだろう。

それでもこの年齢になると、大人びて男っぽさが前面に出てくる少年もいれば、まだまだあどけなさを残している少年もいる。

翔也はどちらかというと後者で、茶色がかったゆるやかな癖毛や、長い睫毛《まつげ》にふちどられた大きな目、ふっくらとした唇は、どこか少女のようでもあるが、いずれは繊細に顔立ちの整った、しかし芯《しん》のある青年になっていくであろう片鱗《へんりん》も覗《のぞ》かせている。

「ねえねえ」

最初にあくびをした友人が教科書をぱたんと閉じて翔也を見た。

「翔也、今週のあひる係だよね?」

「うん」

翔也は頷く。

学院では多くの動物も飼われており、生徒たちが順番に受け持って、一年ですべての動物を担当するようシフトが組まれている。

翔也は今週、広い池を担当していて、そこには鯉《こい》も白鳥もいるのだが、伝統的になぜか「あひる係」と呼ばれているのだ。

「あひる係の班長の進吾《しんご》さんさあ、きのうからいないよね」

その言葉に、同じ机を囲んでいた少年たちが全員、顔を上げてこちらを見た。

「そうなの?」

一人が慎重な口ぶりで翔也に尋ねる。

翔也は黙って頷いた。

すべての係は各学年の決まった人数で構成されている。とはいえ年齢が上がるにつれて生徒数も減っていくので、今週のあひる係は高校二年生が最上級生であり、小学一年生にあたる最下級生まで一人ずつの編成だ。

その、最上級生で班長の進吾が寮内から姿を消し、その下の副班長が「今日から僕が班長だから」と告げたのは、昨日のことだ。

少年たちは顔を見合わせた。

「……決まったんだね」

一人が呟《つぶや》く。

進吾はもう、二度と学院には戻ってこないだろう。誰にも別れなど告げず、黙って自分の運命に向かって旅立っていった。

それはここにいる全員の運命であり、それを少年たちは、半ば恐れつつ、それでも大きな希望と憧《あこが》れを持って待ち受けている。

運命は、年齢とは関係ない。

進吾はかなり遅かった。もう自分には、望むような運命は訪れないだろうとどこか諦《あきら》めているような雰囲気もあった。だが、その日は来た。

そしてここにいるどの少年にも、明日にも……いや、もしかしたら今日にも、その日が訪れるかもしれない。

翔也も、自分に訪れる未知の運命に、胸を膨らませている。

自分には、どんな世界が準備されているのだろう。

いつその日が来てもいいように、準備は怠らないようにしなくてはいけない。今日の前にある教科書類も、そのために必要なものだ。

「さ、勉強しようよ」

翔也が言うと、みな同じことを考えていたのだろう、神妙な顔で頷く。

再び自習室が静かになって、少し経《た》ったとき……かすかな車の音が聞こえた。

少年たちははっとして顔を上げた。

芝生の真ん中を突っ切る車道を通って、見覚えのない白い車が走ってくる。

その車はやがて、学院本館の玄関がある方向に消えた。

もしかしたら……誰かの「その日」が来たのだろうか。

少年たちは無言で、顔を見合わせた。


「入りなさい」

応接室の扉をノックすると、中から理事長の声が返ってきた。

翔也は深呼吸してもう一度心を落ち着かせてから、扉をゆっくりと開けた。

本館の一階にある応接室は、縦長の高い窓を等間隔に連ねた明るい部屋だ。窓の外は手入れの行き届いたイギリス式の庭園で、今は春のバラが咲き誇っている。

十人ほどが腰掛けられる赤い布張りのソファは、定期的にある理事長との面談で翔也も何度か座ったことがあるものだ。

そこにはすでに、数人の少年がいた。

全員が顔見知りの少年たちと、さっと視線を交わす。

年齢は十歳から十五歳と幅がある。顔立ちにもそれほど共通点はないが、ひとつ、明るい色の癖毛だけは程度の差はあれ共通している。

その髪と色白の肌が、今回、共通の遺伝形質として重視されているのだと翔也は悟った。

「これで全員かな、そこに座りなさい」

理事長に促され、翔也もすでに二人が座っているソファの端に腰を下ろす。

理事長は灰色の髪と口ひげの、一見温厚な老人だが、その視線は優しくも厳しくも自在にいろを変え、少年たちの敬愛と畏《おそ》れを勝ち取っている。

そして……「その人」はどこだろう、と翔也は思った。

部屋の中にいるのは、理事長と少年たちだけだ。

だがこの部屋にこうして集められるということは、二時間ほど前に見た、あの白い車に乗ってきた「誰か」が関係しているはずだ。

「待ちきれないという様子だね」

理事長が少年たちを見渡して苦笑する。

「だがそれを上手に隠す、それは大事なことだよ。胸の内がすぐ顔に表れるようではいけない……特に裕太《ゆうた》、それと翔也、きみたちの課題のひとつだ」

名指しされ、翔也ははっとして表情を引き締めた。

学院では普段から厳しく言われていることなのだが、「顔に出さない」というのは翔也の苦手事項のひとつだ。

「さて、ではあまりお待たせしてもいけないからね」

理事長はそう言って、部屋の奥にある、理事長室に通じる別な扉に歩んでいってノブに手をかけた。

「お待たせしました、揃《そろ》いました」

そう言ってゆっくりと扉を開ける。

少年たちの視線が一斉に集まる中、その扉から、一人の男が応接室に入ってきた。

その瞬間、部屋の中が穏やかに光を増したような気がして、翔也は思わずその男をじっと見つめた。

百八十を超えていそうな長身。肩幅が広く手足が長いが、ごつい感じではなく、グレーのスーツの下は均整の取れた筋肉質の身体《からだ》だという感じがする。

まだ若い……三十にはなっていない、という感じだろうか。

艶《つや》やかな黒髪はきちんと整えられ、顔立ちは男らしく端正だ。

面長《おもなが》の輪郭、濃すぎない直線的な眉《まゆ》と切れ長の目が涼やかな印象で、引き締まった口元と意志の強そうな顎《あご》のラインは、どこか老成した印象を与えている。

部屋に入ってきてゆっくりと居並ぶ少年たちを見渡した、そのわずかな動作からも、人の上に立つことに慣れた、しかし傲慢《ごうまん》さはない、自然な品の良さが見て取れた。

男が入ってくるのと同時に、少年たちはさっとソファから立ち上がって姿勢を正す。

男の目が、ゆっくりと少年たちに順に注がれ、最後に翔也を見た。

視線が合った瞬間、男がわずかに目を見開き、他の少年に対するよりほんの一瞬長く、翔也の顔を見つめたような気がした。

その整った顔に、わずかな戸惑いを含んだ陰りが差したように見える。

しかしその陰りは一瞬で消え、翔也は自分の勘違いかもしれないと思った。

「これが、お探しの条件に合う子どもたちですが」

理事長が、こういうことに慣れた口調で、穏やかに言った。

「個別に面接したい子がいるようでしたら、準備いたします」

「ああ……いや、しかし」

男は、翔也と目が合った瞬間に浮かべた戸惑いをそのままに、理事長を見る。

「どうすればいいのかな」

「どうぞ、一人でも全員でも、お望みのようになさってください」

男は再び少年たちのほうを見て……また、翔也と視線が合った。

そのまま視線が止まる。

翔也は緊張が高まるのを感じた。

もしかしたら……もしかしたら、本当に今が、その瞬間なのだろうか?

男の視線が、翔也の緊張を正確に読み取り、そして自分の瞳《ひとみ》にも同じものを浮かべたように見えた。

「では……端の、彼から」

翔也のことだ。

それが、翔也を「選んだ」ということなのか、それとも本当に「端から順に」という意味なのかはわからない。

「では翔也、面談室へ」

理事長に促され、翔也は立ち上がって理事長室を出た。はす向かいの面談室は、これまで三回ほど、似たような状況で入ったことがある。

続いて廊下に出てきた理事長が、男に言った。

「あちらの部屋へ。面談には誰も立ち会いませんが、代わりに念のため、録画はさせていただきます。お帰りの前に消去いたしますので、どうぞご気分を害されませんように」

男は頷いた。

「わかります、彼を……彼らを、守るためでしょうから」

その抑えた声音にかすかに滲《にじ》む緊張感が、彼……つまり自分を気遣うような雰囲気だと、翔也は感じた。

面談室には、小さなテーブルを挟み、一人掛けのソファが向かい合って置かれている。窓の外には大木の影が落ち、木目の調度品が落ち着いた雰囲気を与えている。

「奥へどうぞ」

理事長が男に奥のソファを勧め、翔也に向かって「落ち着いて」と声をかけてから、外に出て扉を閉めた。

翔也と男は、静かな部屋で二人、向かい合う。

「ええ……その、座ろうか」

男が翔也を見て、そう言った。

「はい、ありがとうございます」

翔也は答えて、手前のソファに浅く腰を下ろし、自然に膝《ひざ》を揃え、両手を腿《もも》の上に載せた。

男はじっと、翔也の顔を見つめる。

その視線が翔也の中に何かを探しているように見え、翔也が落ち着かない気持ちになってわずかに身じろぎすると、男ははっとしたように瞬《まばた》きをした。

少し躊躇《ためら》ってから、思い切ったように口を開く。

「申し訳ないが、私は名乗れない。しかし、きみの名前を聞いてもいいかな」

「翔也です」

翔也が答えると、男はわずかに首を傾《かし》げた。

「聞いた話では、名前は変えることになってもいい、と……しかしきみは、いきなり自分の名前が変わるのはいやだろうね？」

翔也は驚いて男を見た。

名前は、ただの記号だ。翔也はここでは翔也だが、いずれ「本当の名前」を与えられることになるということは小さい頃から聞かされていて、少年たちはむしろ、その日を楽しみにしているほどだ。

しかし……翔也は自分が別の名前で呼ばれる日が想像できずにいる。

たとえば「進吾」と呼ばれて即座に振り向き返事をする、というようなことには、慣れる時間が必要な気がする。

男にはそれがわかるのだろうか。

だがそれは翔也の「欠点」であり、頷くわけにはいかない。

名前を変えるのがいやだと言えば、この人は別な少年を選んでしまうかもしれない。

そう思った瞬間翔也は、自分はこの人に選ばれたいのだ、と気付いた。

そう。

この人が理事長室に入ってきた瞬間から、これまでここに子どもを選びに来たことのある、そして翔也が面談をしたこともある誰とも違う、何かを感じた。

この人はきっと……優しい人だ。

自分の目的に適《かな》う子どもを見つけて引き取ったら、その子に寄り添い、気を配ってくれるような。

だがひとつ、気になること……尋ねたいことがある。

それを頭に浮かべた瞬間、男が翔也の目を見て尋ねた。

「きみのほうからむしろ……何か、尋《き》きたいことはあるかな」

またた、と翔也は驚いた。

どうしてか、この人は翔也の考えていることを感じ取ってくれているような気がする。

こんなことは学院の生徒たちや教師たち、職員たちの誰にも感じたことがない。

もしかしたら、本当にこの人がそうなのだろうか。

翔也は再び緊張が高まってくるのを感じながら、思い切って言った。

「あなたが……ご本人なのですか？　僕たちの中から後継者をお探しの」

この人は若すぎる。

それが翔也の胸に浮かんだ疑問だ。

この学院に、人々は「後継者」を探しにやってくる。

上流階級に通用する躾や常識、優秀な遺伝形質、そして瑕《きず》のない経歴……それがここにいる少年たちの特徴だ。

優秀な跡取りを必要とする家が、こういう少年たちを必要としている。

皆、学院が設けた厳しい基準に合う、社会的地位や経済力を持った家ばかりだ。

そして条件が合えば、選ばれた少年はたいていの場合、海外などで育った「実子」として引き取られていく。

だからこそ遺伝形質が重視され、そして「過去の知り合い」や「SNSの情報」などがあとから出てきたりしない環境が必要とされるのだ。

日本では今、ひとつの社会問題が顕在化しつつある。

少子化と、後継者不足だ。

歴史のある、いわゆる「名家」と呼ばれる家では、伝統的に実力よりも血統が重視される。そして、いくら男女平等と言われても、やはり跡取りは女子ではなく男子、という価値観も根強い。

名家であればあるほどそうだ。

そこに、日本では「養子」の概念が根付きにくいということも重なり、「跡取りの男子」を親族の中から血眼《ちまなこ》になって探し、一人の少年が何軒かの親族の間で取り合いになる、というような社会問題も起きた。

ふさわしい能力を持った後継者を得ることができず、潰《つぶ》れたり、海外の会社に買収されたりする企業も相次いだ。

後継者不足は国家の危機、という問題意識が政界、財界上層部で高まった。

その結果、「実子」という体裁で「後継者候補」を提供するこの学院が生まれたのだ。

翔也たちは詳細を知らされていないが、どうやら政府のバックアップもあるらしく、「実子」として引き取られていくにあたっての法律上の処理や、将来的な近親婚を避けるための遺伝情報の管理などもなされているらしい。

少年たちは自分たちがそういう存在であると教え込まれて育っており、自分を必要としてくれる場所が外の世界にあることを知っている。

だから翔也も、今日が自分の「その日」なのだろうか、と思ったのだが……

目の前にいる男は、彼自身が翔也のような年齢の後継者を必要としているにしては若すぎる。

代理人のような存在なのだろうか？　だとすると、一存で少年を選ぶことを託されている有能な存在、そして引き取られたあとも関わってくる人なのだろうか？

しかし男は、翔也の問いを聞いて軽く唇を引き結んだ。

ふとその顔に、翔也が最初に感じた陰のようなものが浮かび、そして消える。

男は翔也を正面から見つめた。

「申し訳ないが、それも答えられない」

他の質問なら答えられるかもしれない、というように視線で促すが、翔也もこうなると、何を質問していいのかわからない。

それに本来、質問をし、答えを吟味し、選ぶのは相手のはずだ。

すると男は小さくため息をつき、苦笑した。

「悪いね、私もまだ戸惑っているのだ。なんというか……きみは、こんなふうに自分の将来を勝手に他人に決められることを、どう思っているのかな」

翔也はきょとんとして相手を見つめた。

どう思っている……?

だって、そういうものなのだ。

自分たちはそのために存在している。

身内に優秀な後継者がいなかったばかりに潰れたり、伝統を引き継げなかった名家がどれだけあることか。

後継者争いでイメージを落とし、そのダメージから立ち直れないこともある。

それらはすべて社会的損失だ。

自分たちはそういう穴を埋めるために存在し、そのための教育を受けている。

必要としてくれる人がみつからないまま大人になってしまったらどうしようと、そのほうがずっと不安だ。

男はじっと翔也の答えを待っている。

もしかするとこの質問こそが、実は鍵《かぎ》となるのだろうか。

この質問にどう答えるかで、ふさわしい人間かどうかを見極めようとしているのだろうか。

しかしどちらにしても、翔也は自分の考えを正直に言うしかない。

「僕は……お役に立てればいいと、お役に立ちたいと、そう思うだけです」

自分を必要としている誰かの。

そして……もしかしたら、目の前にいるあなたの。

飲み込んだ言葉は、伝わったのだろうか。

男はふっと微笑《ほほえ》んだ。

その笑みが……初対面の人間同士のぎこちなさを、ふわりと乗り越えたように感じ、翔也ははっとした。

わかっているよ、きみの気持ちはよくわかるよ、とでもいうような。

しかしその笑みには何か複雑なものも含まれている。

どこか痛々しげなもの。憐《あわ》れみ、とは少し違う、言葉にできない何か。

翔也の言葉が男自身の中にある何かに触れて、それが痛んだ、とでもいうような。

それが何か、知りたい。

自分はそれを理解できる……この人とは理解し合える、というような気持ちが湧《わ》き上がる。

しかし次の瞬間、男はさっと表情を引き締めた。

「ありがとう、いろいろ参考になった」

面談は終わったのだ。

翔也は立ち上がり、男に向かってきちんと一礼すると、面談室を出た。

「翔也！　どうだった！」

「どんな感じ？　どういう人だった？」

自室に戻ると、待ち構えていた友人たちが一斉に質問をしてきた。

みな、目を輝かせている。

学院の生徒は全員個室を与えられているが、その翔也の個室のベッドにも椅子にも床にも、少年たちが陣取っていて、詳細を聞くまでは出ていかない構えだ。

その気持ちは翔也にもよくわかる。

しかし、どう答えればいいのか。

「よくわからない……面談に来たのは若い人で、本人じゃなくて代理人かもしれないし」

「どんな質問をされた？　翔也が選ばれそう？」

「うーん……どうなのかなあ。名前を変えることとか……一方的に選ばれることをどう思うかとか尋かれたけど、どう答えればよかったのかよくわからないんだ」

翔也が戸惑いながら答えると、少年たちが顔を見合わせた。

「そうかあ……難しい質問をするんだね」

「優しそうな人だった？　その人が家族になる人だったらいいと思うような？」

一人の、かなり幼さを残した感じの少年が言うと、隣の少年が首を傾げる。

「優しいのもいいなと思うけど、やっぱり一番は、どういう家なのかだよね。僕はできれば政治家の家系に行きたい」

「僕は、伝統芸能の家に憧れてたんだけど……そういう家だと、もっと小さい子を選んで教育するはずだし、もう無理だろうなあ」

自分たちには選ぶ権利などないことは知りつつ、それでも自分なりに具体的な夢を描いている少年もいる。

しかし翔也には、そこまで具体的な希望はなく、ただ望まれることに自分が応えられればいい、と思うばかりだ。

すると一人の少年が、ふと思いついたように言った。

「オプションの話は出た?」

全員がはっとしたように、もう一度翔也を見た。

オプション。

この学院の少年を引き取ろうと決めた人が、学院側に注文することのできる、仕上げとしての特別な教育だ。

引き取られていく家で、必要とされているもの。

それはたとえば、通常学院で行われている基本の語学教育に含まれていない、何か別な言語の速成教育をするとか、マイナーな趣味やスポーツについての知識を得るとか、そういったことだ。

だが今少年たちがそれぞれに頭に浮かべたのは、そういうものではない、ある特殊な「オプション」——性体験、だ。

男の子しかいない、厳格に管理されている学院の中で、性体験の機会などもちろんない。だが、引き取られていく年齢と環境によって、それが「あって当然」と見なされれば、ある程度の経験を「オプション」として与えられる。

相手として想定されるのは男女どちらもだが、学院で特にフォローが必要と考えられているのは同性との行為だ。

同性同士の結婚なども社会的に徐々に認められつつあるとはいうものの、家格が高ければ高いほど、後継者を得るための結婚が優先されるため、同性婚は忌避《きひ》される。

しかしそれでも、同性同士の性行為を求める嗜好《しこう》はむしろ上流社会の中にこそ隠然と存在し、時には親族の中での結束を固めるため、もしくは重要な取引の条件として、ある程度の性行為を求められることは少なくない。

その結果、性行為の知識だけではなく、オプションとして実際の経験も求められることがあるのだ。

もちろん学院側としては、決してそれが、ここにいる少年たちの共通の「売り」ではないという姿勢は貫いている。

しかし現実問題として、何も知らずに世間に出ていっていきなりショッキングな体験をするはめになるよりは、ある程度の「心構え」として必要なことを、あらかじめて学院で与えておいたほうがいい。

だからそういう場合にだけ、かなり特殊なオプションとして、与えられるものだ。

翔也たちも、基本的な性行為の知識については、教育を受け始めている。

しかしまだ、実際の行為となると霧の向こうにあるような感じだ。

そしてその曖昧《あいまい》なイメージを少年たちが興味本位で膨らませていくのも、年齢的に止めようのないことで、みな興味津々だ。

つまり、今少年たちが聞きたいのは、そういう「性オプション」について何か話が出たかどうか、ということなのだが……

翔也は首を横に振った。

「ううん……何も。オプションについては何も話は出なかった」

相手によっては最初の面談の時に「性オプションをつける気はあるか」と率直に尋ね、躊躇いなく「あります」と答えた少年の中から候補を絞ることもあるのだが、あの男の人は何も尋ねなかった。

もしその質問が出たら自分はどう答えていただろう、と翔也は思う。

性オプションに対する興味は、翔也にだって年齢なりにもちろんある。

もう精通もあったし、年上の少年に自慰も習った。

だが、そういう行為を……同性であれ異性であれ、他人と共有する、ということについては自分がどう感じるのかすら想像もつかない。

それでも、女性とはほとんど接することもない環境の中では、まだ同性との行為の方が漠然とした想像の範囲内ではある。

たとえば……今日現れた、あの人となら。

深いところでもしかしたら理解し合えるような気がした、あの人となら。

翔也の脳裏に、先ほどの男と自分が、裸で抱き合っている映像が浮かび、かっと頬《ほお》が熱くなった。

何を考えているんだ、と慌てて自分の中からその映像を追い出す。

「あ、翔也、何か想像してる」

「何考えたの？　え？」

友人たちのからかいの声に、翔也はさらに赤くなりながら手を振り回した。

「違うよ、そうじゃないよっ」

「翔也は奥手だと思ってたけど、とうとう目覚めたって感じ？」

笑いながら少年たちがからかったが、やがて一人がぽつんと言った。

「こうやってさあ、翔也をからかうのも最後になるのかもね」

途端に、少年たちは静まり返って神妙な顔になった。

もし今日の男が翔也を引き取ることに決めれば、これまでの少年たちがみなそうだったように、別れを告げる間もなく姿を消すことになる。

「翔也、今のうちに言っておくよ、元気でね」

「外で、別な名前で出会っても、また友達になれるといいな」

「もしライバル関係の家同士だったとしても、お互いにリスペクトしあおうね」

翔也は戸惑いながらその言葉を聞いていた。

あの人は……自分を選ぶのだろうか。

確証はまるでない。

ただ、あの人に選ばれたいというこれまでに感じたことのなかった願いが、ぽつりと小さな灯《あか》りのように自分の心に点《とも》っているのが不思議だった。


四年が経った。

翔也は、学院の自習室から、初夏の芝生を見やった。

もう何度、この景色を目にしただろう。

自習室の反対側では、年下の少年たちが勉強をしながら、時々飽きて雑談を交わしている。

数年前の自分の姿だ。

結局、翔也は誰からも必要とされなかった。

翔也を引き取りたいという人はとうとう現れなかった。

翔也の脳裏に、十四歳のときに面談をした男の顔が浮かぶが、それももう記憶がぼやけてあやふやな雰囲気になってしまっている。

ただ、顔立ちはあやふやなのに、穏やかな顔にふと浮かんだ陰のようなものや、ほんの一瞬見せた、互いを理解し合えると感じさせた笑みだけは覚えているのが自分でも不思議だ。

あのとき、翔也との別れが近付いているのではないかと感じていたはずの同い年の少年たちは、その後次々と引取先が決まり、十八歳になった今では二人しか残っていない。

そして今、翔也の目の前には、いくつかの大学の資料がある。

十八歳になっても引き取り手が現れなかった場合、学院は、大学に進学させてくれる。

何か特別な芸術的才能でもあればそういう方向に進む場合もあるが、たいていは法学部や経済学部などに進み、官僚を目指すか、学院がコネを持っている大企業の秘書室などに入るのが普通だ。実際学院は、そういう方面に優秀な人材を供給するという役割も担っていると教師たちは強調する。

そして翔也は、どれが自分の進むべき道なのか、決めかねている。

いずれにせよ、大学に入れば学院を出る。その後大学にいる間は、学院を支援しているどこかから、生活費と学費は貰《もら》える。

しかしその後は、一人で生きていくことになるのだ。

そのこと自体に不安はもちろんあるが、それほど大きなものではない。

学院は、どこに行っても通用するだけの知識や教養も授けてくれた。その成果に自信を持つように、とも常々言われている。

そして企業に就職するなら学院の後援者が保証人になってくれるし、官僚の道を選べば見知った学院の先輩に出会うこともあるはずで、孤独で孤立することもないはずだ。

ただ……翔也には、漠然とした失望感がある。

誰にも必要とされなかった、という。

もちろんそれは、翔也の能力が劣っているからではない、と学院のカウンセラーは言う。

翔也も頭ではわかっている。

マッチングがうまくいかなかっただけだ。

翔也の容姿や能力などが、翔也がここにいる間に後継者を必要とするどの家の条件とも、たまたま合わなかっただけ。

そして翔也自身には能力も長所もあるのだから、自信を持つべきなのだ。

でも……それならどうしてあの人は、翔也を選んでくれなかったのだろう。

やはり翔也の中にあるのは、その疑問だ。

面談までいったことはあのあとにも二度ほどあったし、翔也自身には知らされていなくても書類上で候補に挙がったことは何度もあるだろう。

それでも、あのときの面談のことがこれほどに記憶に残っているのはどうしてなのだろう、と翔也自身も不思議だ。

あの人は結局、あのとき理事長室に呼ばれていた全員と簡単な面談をして去っていった。

そしてその直後に姿を消した生徒は誰もいない。

つまりあの人は、少なくともあのときは、誰も選ばなかったということだ。

だが二、三年のうちにはあの場にいた少年の半数ほどがいなくなっており、もしかしたらその中の誰かを、あの人が選んだのかもしれない。

または、条件を変えて、あのときにはいなかった誰か別な少年を選んだかもしれない。

いずれにせよ、あの人はもう、別な少年を見つけてしまっただろう。

自分ではない誰かを。

「翔也さん」

ふいに傍《かたわ》らから自分を呼ぶ声がして、翔也ははっと我に返った。

大学の資料を前に、ただただぐるぐると考え込んでしまっていたのだ。

声の主は、年下の少年の一人だ。

「ああ、知基《ともき》、何？」

「僕、今週わんこ係なんですけど」

少年は人なつこい笑みを浮かべる。

「さっき餌《えさ》をやりにいったら、海王《かいおう》が遊びたそうにしていたから」

学院では何頭かの犬も飼われていて、少年たちが世話をしている。

海王というのは雄の雑種犬で……そして翔也にとっては少しばかり特別な犬だ。

それをこの少年も知っている。

そういえば今日はまだ顔を見に行っていない、と翔也も気付く。

「あの……こんなことでお邪魔《じゃま》してしまいましたか？」

ちょっと心配そうに尋ねる少年に、翔也は笑って首を振った。

「ううん、ありがとう。今から行ってみるよ」

そう言って立ち上がると、目の前に広げていた資料をまとめ、翔也は自習室を出た。


「海王！」

翔也が声をかけると、その前からすでに翔也に気付いていた大型犬が、全身で飛び跳ねるようにして待ち受けていた。

波打つような茶色い毛色に、ところどころ黒が点在している。

鼻面《はなづら》は幅広で、脚は太く、全体的にもっさりした印象の、雑種犬。

一見どう猛そうにも見えるが、実は甘ったれな犬でもある。

少年たちがどういう動物がいる環境にも馴染《なじ》めるよう、学院には犬、猫、うさぎなど、普通の家庭でペットとして飼われているような動物がひととおり飼われている。

犬も小型犬から大型犬まで何頭もいて、たいていは支援者の誰かから寄付された血統書付きの見事な犬だが、この犬は二年ほど前に学院に迷い込んできた雑種犬から生まれた、種類の判別などとうていつかない犬だ。

しかも保護されたときには弱っていて親犬から乳を吸う力が弱く、それをその時たまたま「わんこ係」だった翔也が、犬舎に泊まり込んで世話をし、生きていけるめどがついてからは自室に連れ帰って、ほ乳瓶《びん》でミルクをやって育てたのだ。

そして、波打つような毛並みになりそうだという予感と、強く逞《たくま》しくなってほしいという願いを籠めて「海王」という少しばかり大げさな名前をつけた。

しかしその願い通りに、海王はゆさゆさとした長毛の、元気な大型犬に育った。

もともと翔也は動物が好きで、学院のどの動物もかわいいが、海王は特別だ。

人は、自分が命を救った存在に対し、特別な愛情を感じるのだと何かで読んだことがある。

翔也が海王に対して感じているのは、まさにそういうものだ。

海王のほうも、人なつこくてどの少年にも懐《なつ》いてはいるが、翔也のことは特別な存在と感じていることは、誰の目から見てもわかる。

設備がととのった犬舎の、海王の部屋の扉を開けて中に入ると、海王が飛びついてきた。

「こら、お前、自分がどれだけ大きくなっているかわかってないだろ」

翔也はよろめきながらも笑って海王を受け止める。

海王は翔也の顔をべろべろと舐《な》め、跳ねるように一度離れてから、伏せの姿勢になり、そしてまた飛び跳ねるように翔也に飛びつく。

その、全身で嬉《うれ》しさを表している様子が、かわいくてたまらない。

翔也の両手で包めるほどに小さくて、弱々しい息をしていた仔犬《こいぬ》が、こうまで大きく元気になったことは本当に嬉しい。

一通りじゃれ合ってようやく海王が落ち着くと、翔也は座り込み、膝の間に割り込んできた海王を抱き締めた。

「……お前と遊べるのも、あとどれくらいかなあ」

大学に進学してここを出れば、海王とは別れなくてはならない。

それは、最初から覚悟していたことだ。

少年たちの中には、特定の動物や、特定の場所に愛着を持たないよう心がけている者もいる。逆に、ここで過ごした時間をより美しいものにするために、すべてに美しい思い出を作ろうと心がけている者もいる。

だが翔也は特に意識したわけではなく、自然に海王と特別な関係になった。

こういうことは、自分ではどうしようもないことなのだ。

いずれ別れるとしても……愛情を抱《いだ》いてしまうことは。

だが、自分がいなくなっても海王はちゃんと世話をしてもらえるし、可愛がってももらえるだろう。特別な仲良しがいなくなって、しばらくは寂しい思いをするかもしれないが、きっとまた別な誰かに懐くだろう。

だとすると……寂しいのはむしろ、自分のほうだ。

「海王、僕のことを忘れないでくれよ」

翔也の膝の間にぐいぐい鼻先を突っ込んでくる海王の頭を両手で撫《な》でながら、翔也は呟いた。

そのとき、犬舎の網の向こう、芝生の上に、誰かが立っているのに気付いた。

生徒の制服ではない、スーツ姿の大人……一人は理事長だ。

そしてもう一人、すらりとした見知らぬ男、と思いかけて翔也ははっとして立ち上がった。

理事長と男は、翔也が気付いたと察してか、ゆっくりとこちらに歩んでくる。

男の姿が近付き、顔がはっきりしてくると、翔也の心臓がどきどきと鳴り始めた。

あの人、だ。

四年前に面談をして……そして去っていった、男の人。

あのときはまだ三十手前に見えた。四年の年月を経てもそれほど印象は変わらないが、より落ち着きと威厳を増したように見える。

あの人がどうしてまた現れたのだろうと思いながら、翔也は、慌てて制服の汚れを払い、裾《すそ》を引っ張って、きちんと見えるようにした。

「翔也」

網の外から、理事長が穏やかに声をかける。

「今、ちょっと大丈夫かな」

「はい」

翔也は答えて、海王の頭を撫でてから、犬舎を出る。

なるべく落ち着いてみえるように。

あの人がまた現れた目的はわからないが、少しでもいい印象を与えたい。

速まった鼓動とか、突然の男の出現に感じている動揺とか、そういうものは顔に表れてはいないと思う。この四年で、そういうことはだいぶうまくなったはずだ。

背は、百七十センチにようやく届くくらいで、顔立ちも体格も、線が細く男らしいとはいえないが、それでも四年前とはずいぶん変わったはずだ。

落ち着いて大人びてしっかりした、育ちと頭の良さそうな少年。

そういう第一印象を与えられるよう、表情も振る舞いも、そしてもちろん内面も、磨いてきたつもりだ。

男は一歩進み出て、翔也と向かい合った。

あのときもかなり長身と感じたが、やはり翔也より頭一つぶん背が高い。

当然、翔也の顔を見つめる視線は見下ろす感じになるが、傲岸な感じはなく、ただ翔也の中にある何かを探すように、真剣な顔で見つめている。

やがて、男は穏やかに口を開いた。

「私を覚えているだろうか」

「はい」

翔也は頷いた。

「以前に、面談でお会いしました」

男は頷いた。

「大人っぽくなったね」

そうだといいのだが、と翔也は思う。

男がまた、言葉を探すように無言になると、傍らから理事長が言った。

「どうなさいますか、改めて少し面談なさいますか。オプションの件も確認したほうがよければ」

「いえ」

短く男は答え、首を振る。

「オプションは結構です。あまり時間をかけたくないので。彼を……彼に、決めたいと思います」

翔也は、頬に血が上るのを感じた。

それではこの人は……自分を選んでくれたのだ……！

自分を外の世界に連れて行き、新しい境遇を与えてくれるのは、この人なのだ……！

男は、さらに思いがけない言葉を足す。

「しかし、その前に、彼の希望も聞かなくては」

そう言って、翔也をまた正面から見つめる。

「きみは私の……甥《おい》、そして後継者になってくれる気はあるか」

翔也の意見を聞こうというのか。

これまで自分たちは、一方的に選ばれるだけの存在であると思っていたのに。

そして今の言葉から、この男は誰かの代理人などではなく、翔也を欲しいと思ってくれた本人なのだとわかる。

「考えるための時間や資料が必要だろうか」

男が重ねて尋ね、翔也は即座に首を振った。

「いいえ……いいえ」

声が上擦《うわず》るのを、なんとか抑え込む。

「僕がお役に立てるのなら、本当に嬉しいです」

一瞬、男の眉がわずかに寄ったように見え、翔也は自分が何か間違ったことを言ったのかとぎくりとしたが、すぐに表情は穏やかなものになる。

「では、よろしく頼む」

手が差し出された。

すらりと指の長い、大きな手だ。

翔也は背筋を伸ばし、同じように手を出すと、男が翔也の手を軽く握る。

温かい、と翔也は感じ……どうしてか泣きたいような気持ちがこみ上げてくるのを、必死で抑え込んだ。


「まずは、ここで一週間過ごそう」

男に連れて行かれたのは、国内の有名避暑地にある、静かな別荘だった。

「あまり時間の余裕がなくて申し訳ないが、その間に、きみには新しい身分に馴染んでもらう」

さわやかな風が吹き抜ける広いリビングで、布張りのしゃれたソファに向かい合って座り、翔也は男の話を聞く。

翔也の運命が決まってからは慌ただしかった。

通常、引き取られることがわかった少年は、友人たちに別れを告げる機会はなく去る。翔也にもそれはわかっていたので、海王にだけ別れを告げた。

まとめる荷物もほとんどない。

むしろ過去に繋《つな》がる何かを持って出ることは好ましくなく、少年たちもみなそれがわかっているので、私物に執着しないよう躾けられている。

それでも二日間、通常は一般生徒が入れない学院の別棟に用意された部屋に滞在し、理事長やカウンセラーと何度も会話をして過ごした。

そして二日後、改めて男が迎えに現れた。

「話は着いてからゆっくり」と車中での会話はほとんどなく、三時間ほどのドライブでこの別荘に着いて、今、こうして向かい合っている。

「改めて……私は刀根嗣人《とねつぐと》。そしてきみは、私の亡くなった兄の息子、刀根翔也だ」

そう言われて、翔也は思わず瞬きをした。

「名前は、翔也のままなのですか」

以前の面談での「名前が変わるのはいやだろうね」という言葉から、てっきり変えるべきなのだと思っていた。

男は頷く。

「兄の息子は架空の存在だからね。特別に付けるべき名前が存在するわけではない。きみにあの質問をしたのは、学院のマニュアルに、変えることも可能と書いてあったからだ。それを……どう思っているのか、それを知りたかっただけで、言ってみれば単なる興味だった」

男はわずかに首を傾げる。

「それともきみは、新しい名前を望んでいただろうか」

「いいえ」

翔也は首を振る。

そうではない……全く別な名前で呼ばれることに違和感があるのは自分の欠点だと思っていたが、変えずにすむならもちろんそのほうがいい、そのほうが嬉しい。

「ではきみは、翔也。刀根翔也、それでいいね」

翔也は頷いた。

刀根翔也。名字と名前のバランスもいい感じで、自分の名前としてすんなり受け入れられる気がする。

学院では基本的に下の名前だけで呼び合っていて、名字はなかった。あったのかもしれないが必要とされていなかった。あのまま引き取り手がなく卒業することになったら、その際に教えられるか与えられるかしていたのかもしれない。

「では、これがきみに関する資料だ」

男が、一冊のファイルをテーブルの上に置く。

翔也はそれを手にとって開いた。

そこには「刀根翔也」の出生から今までの記録が書かれていた。

誕生日、生まれた場所から始まっている。

「学院から勧められた通りに、スイスの全寮制の寄宿学校にいたことにしてある。刀根家についてや家族関係、これまでのいきさつ、覚えてもらうべきことなどをまとめてある」

スイスにいたことに関しての出入国記録なども、どういう方法でか、正式な記録として残されているのだろう。

学院とその後援者は、そういうところは完璧に整えてあるはずだ。

そしてこれが……このファイルの中にあるのが、刀根翔也という自分。

この中に入っている情報通りの人間に、自分はこれから、なる。

それを嚙《か》み締めてから、翔也は顔を上げた。

目の前のこの人は叔父《おじ》になる、ということなのだが。

「それで、あの……あなたのことは、叔父さま、とお呼びすればいいのでしょうか」

男は一瞬戸惑いを見せてから、苦笑した。

「ん……ああ、それはどうかな。名前でいいだろう、嗣人、と」

そう言われてもまさか呼び捨てにするわけにはいかないだろう。

「それでは……嗣人、さん」

呼んだ瞬間、なんともいえない気恥ずかしさが翔也を襲った。

肩書きでも関係性を表す言葉でも名字でもない……名前で呼ぶ。

それは、名字が同じだからだ。

この人と家族になったのだ、という気がする。

男――嗣人も、一瞬くすぐったそうな光を目に浮かべたが、すぐに真顔に戻る。

「私はきみのことを『翔也』と呼び捨てにする。構わないね」

もちろん、当然のことだ、叔父、甥なのだから。

そう……もう自分とこの人とは他人ではないのだ、という不思議な実感が湧き上がる。

「はい」

翔也は頷き、そしてまたファイルに目を落とした。

後ろの方をめくってみると、刀根家の事業についてや、親族についてなど、必要なことがわかりやすい形式できちんと並べられている。

「それと、これ」

嗣人が、スーツの内ポケットからスマートフォンを取り出す。

「使い方はわかるか？」

「はい」

翔也は頷き、スマートフォンを手に取った。

同世代の普通の少年が知っているべきことは、教えられている。こういうものの使い方ももちろんそうだ。

SNSなどに痕跡を残すようなことは絶対にしてはならないが、流行の音楽やゲームなどについても、定期的に「知識」として得ていた。

「その中に、ある程度の金額を小遣いとして入れてある」

示されたアプリの中には、三万円ほどが確かに入っていた。五千円を割れば自動的に補充されるようになっているらしい。

それでも当面は、自分で何か買い物をすることなどないだろうと思いつつ、何もかも行き届いていることに、翔也は驚いていた。

短時間でこれだけの準備をするのは、大変なことだったはずだ。

「何か疑問点や提案があったら教えてくれ」

そう言った嗣人に、翔也は思い切って、浮かんだ疑問をぶつけた。

「あの……以前、面談にいらしたときには……決めなかったんですよね？　どうして今？」

「ああ」

嗣人は一瞬唇を噛んだ。

「あのときは……まだ、自分の後継者を選ぶ、ということに関してそこまでの切実さがなかったのだと思う。あそこに行ってきみたちに会って、あそこから誰かを引き取ることが本当に正しい方法なのかどうか、疑問に感じてしまったのだ。一人の人間を、商店で品物を選ぶように選び、自分の一存でその一生を左右する、ということが」

翔也は驚いて嗣人を見つめた。

この人は……そんなふうに自分たちのことを考えていたのか。

だが学院の生徒は、幼い頃からそういうふうに教育を受け、いつか自分が必要とされる場所に行って役に立つことを目標としている。

誰にも必要とされないままあそこを卒業しなくてはいけないと思う方が、よほど辛い。

翔也も実際、そのタイムリミットを間近にしていたのだから。

しかし、嗣人がそんなふうに迷ったのだとして、どうして今になって自分を選んだのだろう？

「実は」

嗣人は膝の上で軽く両手を組んだ少し前のめりの姿勢のまま、言葉を続けた。

「親族から早急に後継者をどうするのか決めろと言われていてね。それで……もう一度、問い合わせたんだ。まだきみがあそこにいるだろうか、と。あの中から選ぶならきみだと、あのときに決めていたから」

翔也の心臓が跳ねた。

選ぶなら翔也だと、あのときから。

もちろんその理由は、彼が求める諸条件に翔也が一番合っていたから、に決まっている。

それでも翔也は、この人が自分を求め、選んでくれたのだということが嬉しい。

翔也自身、数件の面談を経た中でも、どういうわけか忘れられない、選ばれなかったことが残念だと思い続けてきた人なのだから。

この人となら、深い部分でわかりあえるような気がすると……あのとき感じたことが、胸に蘇《よみがえ》ってくる。

「ありがとうございます」

翔也は思わず声を弾ませてそう言うと、嗣人は首を振った。

「……きみが礼をいう筋合いのことではない」

抑えた声音で、考えながら続ける。

「きみが刀根家の人間になることで幸福になるのかどうか、私には全く保証も想像もできない。もしかしたら将来、きみは私を恨むことになるかもしれない。だがそれでも、ことは動き出してしまったのだから、私は最善を尽くすつもりだし、きみもそうしてくれると助かる」

幸福。

引き取られた先で自分が幸福になるのか不幸になるのか、などとは考えたこともなかった。

ただ、自分を待っている運命に従おうと思っていた。

だが嗣人にとっては、翔也の運命というのはそんなにも重要なことで……翔也に対して重い責任を負ったと考えている。

そこまで深く、翔也個人のことを考えてくれているのだ。

翔也にとっては、「居場所を与えられた」以上の幸福はない。しかもそれが、過去に面談をして忘れられない印象を与えた嗣人のものであるならば、翔也はもちろん、ただただ最善を尽くすだけ。

この人の役に立ちたい。

それがきっと、自分の幸福だ。

「僕は……僕はとにかく、頑張ります」

翔也が今言えること、言うべきことはそれだけだ。

嗣人は頷いた。

「おそらくきみは、ただ諸々と言いつけに従うのではなく、なすべきことを自分でみつけられる人間なのだと思う。学院が特にきみについてそう評価していたからね。それがきっと、私を助けてくれるだけではなく、きみ自身をも助けることだろう」

学院側の評価のことは知らなかったが、そうあるべきと常に言われていたことは確かだ。

「はい」

「では、きみと私の、赤の他人としての会話はここまでだ。常に使用人の目もある暮らしになれば、誰がどこで話を聞いているかわからない。ここで過ごす一週間で、私たちはそれぞれ役割に馴染まなくてはならない」

嗣人は、その言葉を自分自身にも言い聞かせるように言ってから、静かに立ち上がる。

「さあ、疲れただろう。部屋に案内する。二階だ」

そう言われて、翔也もファイルを抱えて立ち上がる。

リビングから直接立ち上がっている踊り場のない階段を上りきると、左右にひとつずつ扉があった。

「こちらがきみの部屋だ。当面必要なものは揃えたつもりだが、何か足りないものがあったら言ってくれ」

部屋の扉を開け、翔也を通しながら嗣人は言った。

部屋は十畳ほどの洋間で、木目の家具で統一され、開いたクローゼットの中には衣類がかかっている。

「その中に、鍵のかかる金庫がある。ファイル類は、目を離すときは必ずそこに」

嗣人は外開きの扉を支えたまま、翔也だけを部屋の中に入れて説明し、ふと気付いたように言った。

「明日からは臨時の家政婦が来る。他の人間の前で、あまり他人行儀な呼び方も変だから、翔也のことは『きみ』ではなく『お前』と呼ぶが、構わないね?」

きみ、から……お前、に。

叔父が甥を呼ぶならごくごく自然な呼び方だ。

翔也にとっては、嗣人との距離がまた一歩縮まったような気がして、むしろ嬉しい。

「はい」

翔也が頷くと、嗣人はわずかに……しかし柔らかに微笑んで頷き、そして扉を閉めた。


刀根家は、想像以上の家柄だった。

嗣人の父方は旧財閥系、母方は旧華族の出身だ。

嗣人の父方は、グループ企業の持株会社の代表を務め相当な財産家でもあるが、同時に母方の家系の、文化財的価値のある邸宅や文物などの管理も重要な家業となっている。

母方は直系が途絶えており、そちらの財産や名誉的な地位も、刀根家が引き継いだかたちとなっているのだ。

ここにも、「正しい血筋の男子」にこだわったばかりに途絶えた家がひとつあるのだ、と翔也は思った。こういうことを防ぐための、学院の存在なのだ。

それでも刀根家が名字以外の部分を引き受けた結果、あちこちの財団や文化団体などの名誉職にも名を連ねている。

現在の刀根家の当主は嗣人だ。

嗣人にはかなり年の離れた綾人《あやと》という兄がいて、この人が翔也の「父」になるが、五年ほど前に亡くなっている。

その人の写真もファイルに収められていたが、嗣人とはあまり似ていない兄弟だったようだ。翔也の顔ともあまり共通点はないように感じる。

続いて、その人と嗣人の父、翔也にとっての「祖父」も亡くなった。

つまり、跡取りの兄と、当主の父親を続けざまに亡くし、次男の嗣人が二十代の若さですべてを受け継ぐことになったのだ。

自分が受け継ぐ予定でなかったものを急に受け継ぐことになった嗣人の負担も相当なものであっただろうと想像がつく。

そして翔也は、嗣人の兄との正式な結婚を親族に反対された女性が海外でひそかに産んだ子ども、ということになるらしい。

女性の写真は、遠くから撮られた集合写真を切り取って拡大したものらしく、かなりぼやけたものだ。

それでも、翔也に求められたのであろう「少し癖のある髪と白い肌」は、母方の遺伝形質なのだろうという想像はつく。

その女性と子どもが本当に存在したのかどうかを考えるのは翔也の役割ではない。

自分はそういう存在だと信じ込むことが必要なのだ。

母は早くに亡くなり、父は翔也を極秘に認知してスイスの寄宿学校に入れた。父は何度か面会に来てくれたことがある。

母の記憶はほとんどない。

父からは、家のことについてはある程度聞かされていた。

嗣人とは、「父」が亡くなってからはじめて会った。

こういう設定を頭と心に叩《たた》き込んでいく。

家族との「共通の記憶」などをすべて覚え込まなくてはいけない場合もあることを考えると、たぶん楽な部類だ。

しかし、そうはいっても当然不安はある。

自分が「自分ではない誰か」になるということへの不安だ。

学院のカウンセラーからは繰り返し「必要とされている場所への適応であり、罪悪感は抱かないでいい」と言われてきた。

自分の存在に誇りを持つように、とも。

だがそれでも、今こうしていよいよ自分は、これまでの自分ではない存在になるのだと思うと、うまくいくのだろうか、という不安は拭《ぬぐ》えない。

誰かに見破られたら？

自分が、うまく振る舞えなかったせいで、問題が起きたら？

これまでそういう例はない、と学院側は言う。

だが自分がその最初の例になってしまったら……？

いや、そうなるわけにはいかない。そのために自分はこれから、一分一秒たりとも気を抜かず、努力していかなくてはいけない。

そしてうまくいったら……嗣人は嬉しいと思ってくれるだろうか。

お前を選んでよかった、と嗣人に言ってもらえるだろうか。

そのために、頑張ろうと翔也は思い……

ひととおり資料のファイルに目を通すと、今一番必要とされるものをさらに繰り返して読み、そしてベッドに横たわった。

眠くなったわけではない。むしろ目は冴《さ》えている。

腹の上で手を組み、目を閉じてゆっくりと呼吸をする。

そして……自分の内側に沈み込んでいく。

自分は刀根翔也だ。

生まれた時から。

ぼやけた写真でしか知らない母の顔を思い浮かべる。

それから、スイスの寄宿学校に時折来てくれた父のこと。

父に会えるとどれだけ嬉しかったか。

交わした会話をいくつか、自分の頭の中から生み出し、そして心に納める。

自分が日本人であるという自覚のもとに、学校側が提供してくれた母国語の授業もしっかり受けていたし、その母国語クラスでできた友人もいる。

学校の友人を何人か思い浮かべる……それは、これまでいた学院の友人の中にモデルを見つければいい。

そうやって、新しい身分や記憶を自分のものにしていくやり方は、瞑想《めいそう》に似たものだ。

だが、完全に記憶を上書きするわけではない。そんなことはできない。

これまでの翔也と「刀根翔也」の過去を、自分の中でひとつに混ぜ合わせていく作業だ。

学院で、こういう訓練は幼い頃から受けてきた。

役者が役の中に入り込む方法と同じだ、と教師は言った。

ただ違うのは、これから一生、その「役」を生きることになるということだ、と。

母の顔。

父との会話（父の声や話し方は、嗣人によく聞かなくては）。

友人との思い出。

それが自分の中に根付いたら、その上に、これからの生活に対する期待と不安を乗せていく。

叔父の嗣人が現れたときの驚きと嬉しさ。

父がどういう立場の人であったかを知らされた驚きと、自分がその父の正式な息子として日本に迎えられることになったと知った、戸惑いと喜び。
そうやって――自分の中に新しい自分が生まれていくのを感じながら、翔也はいつしか、「刀根翔也」としてのはじめての眠りに沈んでいった。

広々とした玄関で出迎えたのは、五人ほどの男女だった。

都心にある刀根家の本宅は平屋の日本建築だが、それほど古い建物ではなくモダンな雰囲気が漂っている。

本宅が建っているのは、竹塀を巡らせた緑の多い庭に囲まれた、驚くほどの明るい空間だ。開け放たれた引き戸の玄関の前は石敷で、建物から突き出た屋根付きの、車寄せとなっている。

車が止まると、初老の、黒いスーツ姿の男が素早く近寄ってきた。

嗣人が乗った運転席側の座席はその男が、そして翔也が乗った側はもう一人の男が扉を開けるのを、翔也はゆっくりと待ち、落ち着いて降り立った。

車を回り込んだ嗣人が、翔也の隣に立つ。

「お帰りなさいませ」

車の扉を開けた初老の男がそう言うと、居並ぶ男女が一斉に頭を下げる。

地味なスーツ姿の男が三人、和服姿の老女が一人と、紺色のワンピース姿の中年女性が一人。

「翔也、事務長の宮越《みやこし》だ」

嗣人がそう言うと、初老の男が改めて翔也に頭を下げる。

「お帰りなさいませ、翔也さま。お待ち申し上げておりました」

それではこの人が、いわば執事のような役割でこの本宅を仕切っている人なのだ。

翔也は頷いた。

「よろしくお願いします、宮越さん」

翔也のしっかりとした、しかしやわらかな声音に、宮越はわずかに頬を綻《ほころ》ばせる。

他の使用人はおそらくこの場で紹介の必要はないのだろう、嗣人に促されて翔也は屋敷の中に足を踏み入れた。

三和土《たたき》は広く、廊下に上がる段差は一部、後付けのスロープでバリアフリーになっている。

靴を脱いで廊下に上がり用意されていたスリッパを履くと、背後で老女が靴を揃え直すのがわかり、この家では自分で揃える必要はない……というよりも、揃えるべきではないのだとわかる。

翔也と嗣人に続いて廊下に上がった宮越が、小声で嗣人に言った。

「皆さま、応接間にてお待ちでございます」

嗣人は頷き、軽く翔也の背中に手を当てた。

さあ、本番だ、とでも言いたげに。

翔也の頬が自然に紅潮する。

宮越が先にたって広い廊下を進み、突き当たり手前の大きな扉を開けると、そこは庭に面した、広々とした明るい部屋だった。

庭側にはガラス戸が巡らされており、一方の壁には違い棚のある床の間ふうのつくりではあるが、床は畳ではなく絨毯《じゅうたん》敷きで、和風の柄の入った背の低いソファが配されており、そこに数人の、年配の男女が待ち受けていた。

床の間側に車いすの女性が一人。

みごとな銀色の髪にはゆるやかなウェーブがかかり、すみれ色のブラウスがよく似合っている。車いすの上でも、しゃんと背筋を伸ばしており、若い頃はかなり美しかったろうと思われる顔にも、品の良さが表れている。

その老婦人が、部屋に入った翔也をじっと見つめた。

翔也にも、この部屋にいる他の誰よりも、この人こそが重要なのだとわかる。

「戻りました。そして、これが翔也です」

人々に向かってそう言った嗣人の声音にかすかな緊張がある。

翔也はその場にいる全員の視線がじっと自分に注がれるのを感じた。

誰の目にも、驚きが浮かんでいる。

淡いグレーのスーツは身体にちゃんと合っており、茶色がかったゆるやかな癖毛も品のいい長さにカットされて顔を縁取っている。

あまり男らしいとはいえない顔立ちではあるが、優しげに整った印象であることは誰の目にも同じだろう。

観察されている間を適当と思われるだけ置いて、

「……翔也と申します」

翔也の口から、自然に言葉が出てきた。

同時に頭を下げ、そして上げる。

誰も口を開こうとしない中、車いすの老婦人が言葉を発した。

「翔也……翔也というのね。こちらにいらっしゃい」

穏やかではあるが、有無《うむ》を言わせない威厳のようなものがある。

翔也は焦りのない足取りで老婦人に近寄った。

「顔をよく見せなさい」

そう言われて、車いすの傍らに膝をつき、老婦人を見上げる。

老婦人は何かを探すように無言でじっと翔也の顔を見つめ、翔也は緊張で鼓動が速まるのを感じながらも、老婦人を見つめ返した。

やがて……

「そうね、この目は知っている」

低く、老婦人が呟いた。

ぴんと張っていた周囲の空気が、はっと緩んだのがわかる。

老婦人は続ける。

「私は、お前の父、綾人の母親です」

もちろん翔也にはわかっていた。

嗣人から、今日ここにいるのは祖母をはじめとした親族だと聞いている。

そして、かなり以前に事故で歩行の機能を失っている祖母は、車いすなのだということも。

「おばあさま……とお呼びしてもいいのでしょうか」

控えめにそう尋ねると、老婦人は穏やかに頷く。

翔也はふと、胸が温かくなるのを覚えた。

この人が、自分の祖母。

両親がいないという設定の境遇に置かれることにはなったが、祖母がいるというのはやはり嬉しい。

その「嬉しい」という感情は、「刀根翔也」の中にごく自然に湧いてくる。

「お会いできて嬉しいです」

「私もよ。お前の存在を、もっと早く知っていたかった」

そう言ってまた、翔也をじっと見つめる。

「お前は……私を恨んでいるのかしら」

翔也にはその意味がすぐにわかった。

この「祖母」が、翔也の「両親」の結婚を反対したから、翔也の存在は隠されたのだ。

翔也は首を振った。

「そんな。何か深い事情があるのだろうと思っていましたが、お恨みしたことなど一度もありません」

嗣人が、この対面にあたってある程度の想定問答は作ってくれていた。

困ったら嗣人が助けに入ってくれる、とも。

しかし翔也には、「自分の感情」に従うのが一番いいのだとわかっていた。

それは……学院の教育の成果であるとともに、本能的なものでもある。

だから、続く言葉も自然に出てきた。

「ただ……ただ、いつかお会いできたら、と思っていました」

目の前に、膝掛けの上にきちんと揃えられた祖母の華奢《きゃしゃ》な手がある。

翔也が両手でそっとその祖母の手を取ると、祖母は抵抗せずに手を委《ゆだ》ねる。

「おばあさまのお手は、想像していたよりもずっと温かいです」

その、想像との違いすら嬉しい、という声が自然に出てくる。

「優しい手だこと」

祖母が呟いた。

翔也は顔を上げて祖母を見つめた。

「僕は……おばあさまに喜んでいただけるようになれればと、思います。父ができなかったことを僕ができるように……お導きいただければ嬉しいです」

祖母は頷き、翔也の背後に立っていた嗣人に目を向けた。

「嗣人さん、それで？　これから大学生になるのね？」

「日本の大学の受験資格はすでに取得できているそうです。これから受験の方向を決め、必要があれば家庭教師などの手配をするつもりです」

嗣人が穏やかに答える。

「そういう一切を、あなたが翔也の後見人として引き受けてくれるつもりなのね？」

「……それが母上のお心に叶《かな》うのであれば」

嗣人が開けたほんの一瞬の間が、翔也に、祖母と嗣人との微妙な距離を感じさせた。

どこか他人行儀で、どこか互いにあえて距離を取っていると感じる母子《おやこ》の会話。

しかし、上流家庭では母親が子どもの教育を他人に委ねるということはよく聞く話であり、刀根家もそうであったのだろうと翔也は思う。

「……私に異存はありませんよ。あなたがそれほどまでに綾人の忘れ形見に心を砕いてくれることが嬉しいだけです」

抑えた声音で祖母は言った。

それから、周囲にいた男女に視線を向ける。

「ここにいるのはあなたの親族にあたる方々ですよ」

翔也が立ち上がると、祖母が一人ずつ紹介していく。

祖父の兄弟姉妹。祖母の姉妹。父の姉妹。その配偶者。

嗣人に渡された資料に名前や関係が載っていた人ばかりだ。

全員と握手を交わしていると、相手の視線が自分を見定めようとしているのがわかったが、それは当然のことだと思い、翔也は口元に、わずかに緊張した笑みを絶やさないようにする。

一通り紹介が終わったところで、それを見計らったように、扉の前に控えていた宮越の声が割って入った。

「よろしければ、午餐《ごさん》の支度が調《ととの》っておりますが」

「そうね」

祖母は頷き、翔也を見た。

「食事をしながら話をしましょう。食堂まで、お前が車いすを押してくれますか」

「はい！」

翔也はそういう役割を与えてくれたことが嬉しくなり、車いすの背後に回った。

正面にいた嗣人と目が合う。

嗣人がかすかに頷いたのがわかり……ここまでは自分は正しい振る舞いができているのだと、翔也は感じた。


食堂に移動すると、人数分のランチの準備ができていた。

「外国育ちで、和食には馴染みがないでしょうから」

上座についた祖母が、自分の隣に翔也を座らせてそう言う。

「お心遣い嬉しいです。最近はヨーロッパのどこでも日本食レストランがあって、父にも何度か連れて行ってもらいましたからお箸《はし》は使えますが、たぶん日本食のマナーはちゃんとわかっていないと思うので、これから覚えたいと思います」

よどみなく翔也は答えた。

学院では和室での作法や、茶道や華道の授業もあったが、それは翔也の中で「忘れるべきこと」に分類されている。

嗣人は祖母の指示でテーブルの反対端、翔也から離れた席に座り、そして親族の男女がそれぞれに座る。

食事が運ばれてきても、親族たちが翔也の挙措《きょそ》に注目しているのがわかった。

何か、欠点がないかどうかを見定めるように。

食事のマナーに関しては全く問題はない。好き嫌いもない。

そしてそれよりも重要なのが「サービスを受ける」ことに関して慣れているかどうかだということもわかっている。

食事の際だけでなく、どこかの店で買い物をする際にも、ホテルなどを利用する際にも、子どもの頃からサービスされることに馴染んでいること。

しかし絶対に横柄な対応はしない。

それも学院で叩き込まれたことで、それこそが「育ちの良さ」に通じるのだ。

そういう面で、翔也に粗が見つかるはずはない。

だが欠点はあるはずだ、もちろん。

時折、親族がわざとのように使う難しい単語がわからない。日本の政治経済について、付け焼き刃感がある。そういう欠点は、むしろない方が不自然だ。

そういう事柄に対しては、控えめに、しかし卑屈にならずに「教えて戴《いただ》けますか」と尋ねればいい。

離れた席にいる嗣人が、近い席の親族と時折何気ない会話を交わしながらも、翔也に注意を向けているのがわかる。

「そういえば」

隣にいた叔母の一人が、翔也に話しかけた。

「スイスの寄宿学校にいたんですって？　スイスのどこ？」

「K——市です」

実在している寄宿学校で、翔也のいた学院と情報の提携を行っているから、予習はちゃんとできている。

「あら、あそこはこの人のドイツ赴任のときに、何度も行ったのよ」

叔母は隣にいる夫と翔也を交互に見る。

「あそこ、素敵な美術館があったわよね。お城を丸ごと使った、なんて言ったかしら」

試されているのだとわかったが、嗣人のほうに視線を向けないだけの冷静さはちゃんとある。

「そのままの名前です、K美術館」

「そうだったわね」

叔母は頷いたが、さらに質問を重ねてくる。

「確かあそこに、大きな宝石を使った中世の宝冠があるでしょう。あれは見た？」

翔也は冷静に首を振った。

「学校で見学に行ったとき、宝冠は外部に貸し出されていたので見られなかったんです。それがたまたま日本の美術館だったので、よく覚えています。M……県立か市立か、M美術館ということはありますか？」

「M市立ならあるな」

話を聞いていた別な親族が向かい側から口を挟んだ。

「あそこは私の知り合いが関わっているのでよく知っている。そういえば何年か前、すごい宝冠を目玉展示にしていたことがあったな」

「まあ、そうなの」

最初に話を振った叔母が目を丸くする。

「じゃあ、あの宝冠は見られなかったのね。本当に素敵なのに、残念ね」

「いつか機会があったら今度こそ見たいと思います。それとは別に、M美術館にもぜひ行ってみたいです」

「おお。私に言ってくれたらいつでも」

「そういえば、その学校では語学はどれくらいやったんだい？」

話題が変わり、翔也はひとつきちんと乗り切ったと感じた。

美術館はもちろんバーチャル映像で観ただけだ。宝冠については、たまたま最近日本の美術館に貸し出されていたのを知り、それを持ち出した方がリアリティが出ると思ったのが正解だった。

話題を変えた人物に顔を向けながら、その延長上にいる嗣人に一瞬視線を向けると、またかすかに頷いたのが見えた。

大丈夫だ。自分はちゃんとやっている。

小さな自信が翔也を支え、その後の会話も不審を抱かれることなく乗り切ることができた。

デザートのあと手洗いに立ち、廊下に出てくると、こちらに気付かない雰囲気で叔父夫婦と紹介された男女が小声で話しているのが耳に入った。

「まあ育ちが悪くないのは確かだ。いい教育も受けている」

「でも、お母さまが初対面でああもあっさり認めたとは驚いたわ」

「認めるしかないだろう、あれでは。だが一応、言っているのとは別な過去が出てこないか探ってみる必要はあるな」

「それにしても、嗣人さんの思惑がよくわからない。どうしてあの子を見つけ出して連れ帰るなんてことをしたのかしら。彼の立場なら……」

「おい」

叔父がはっと、翔也に気付いた。

「なんだ、立ち聞きか」

眉を寄せて翔也を睨《にら》みつける。

翔也はとっさに、はにかんだ笑みを浮かべた。

「失礼しました、食堂に戻るにはどちらに行ったらいいのかわからなくなってしまって」

話の内容など全く聞こえていなかった、という姿勢を、叔父叔母は少なくとも表面上は受け入れたようだ。

「向こうよ、一緒に戻りましょう」

叔母が抜け目のない笑みを浮かべて翔也の腕に手を触れる。

「私は、綾人兄さまとは一番仲がよかったのよ。近いうちに、ゆっくり思い出話をしましょうねえ」

「はい、ぜひ」

躊躇うことなく翔也は答えて、微笑んだ。

「こちらがお部屋でございます」

宮越が翔也を案内したのは、屋敷の「東翼」と呼ばれる一角にある続き部屋だった。

屋敷は、玄関や応接間、食堂などがある本棟を胴体として翼を広げた鳥のような形になっており、東翼に嗣人の私室や客間など、西翼の奥に住み込みの使用人部屋など、そして祖母は鳥の尾の方向にあたる離れに住んでいる、と嗣人に聞かされている。

翔也に与えられた部屋は二間の続き部屋で、フローリングの上に上質な絨毯を敷いた洋間だ。入って最初の部屋は居間兼勉強部屋で、机や書棚、そして小さなティーテーブルと椅子などが置かれている。家具は木目、壁紙やカーテンは明るい緑と白だ。

奥にある扉を開けるとそちらは青とグレーを基調にした寝室で、さらに奥には専用の浴室もある。

調度はすべて新しく、翔也のために急いで整えた、高級ホテルの続き部屋という感じだ。

生活感はこれから翔也自身が醸《かも》していくことになる。

「お入り用と思われるものは嗣人さまのご指示で準備してございます。何かお望みのものがございましたらお申し付けくださ い。あちらのブザーを鳴らしていただけましたら、私か、代わりの者がすぐ参ります」

よどみなく説明する宮越は、どこかのホテルに勤めていた経験がありそうだ、と翔也は感じた。

「ありがとうございます。居心地のよさそうな部屋で嬉しいです」

翔也がそう言うと、宮越は微笑んだ。

「お礼はどうぞ、大奥さまと嗣人さまに」

「嗣人さんの部屋は?」

ふと思いついたついでの質問のように尋ねると、

「廊下に出ていただいて、向かい側の続き部屋でございます」

宮越はそう答え、不足しているものがないかどうか確認してから、部屋を出て行く。

するとすぐに、入れ替わりのように扉がノックされ、嗣人が入ってきた。

嗣人自身、少し緊張を解いたような、穏やかな笑みを浮かべつつ、気遣うように翔也を見つめる。

「疲れただろう」

「いいえ」

翔也が首を振ると、嗣人は翔也に歩み寄り、間近に立って見下ろした。

「この部屋は……お前にとって安心できる場所になるだろう」

それは、とりあえず盗聴などの心配はない、という意味だ。

それでも、秘密を共有する二人としての会話は最低限に、そしてなるべくぼかして交わす、ということは別荘で過ごした一週間で身についている。

「おばあさまも喜んでいた、いい対面だった」

上出来だった、という意味だ。

嗣人にそう言われると、翔也の中に「刀根翔也」ではないもともとの「ただの翔也」としての喜びが生まれる。

「ありがとうございます」

そう答えると、嗣人はわずかに躊躇ってから、低い声で言った。

「お前が……そのように育っているとはわかっていたが、本当に感心したよ」

あの学院が翔也に何を与えたかを、嗣人は実感したのだろう。

「僕は……僕です」

僕は、刀根翔也です。そう生きるように定められていたのです、と言いたい気持ちを翔也はぐっと堪《こら》えた。

言わなくても嗣人にはわかっているはずだ。

嗣人は頷いた。

「今後私は、お前につきっきりでいるわけにはいかない。だがお前なら大丈夫だ。何が起きても……私はお前を守る」

その言葉が、翔也の胸に熱く響いた。

そう、もちろん嗣人には刀根家の当主としての仕事がある。

別荘にいる間も嗣人は仕事の連絡は各所と取っていたし、外出も多くて、翔也につききりというわけではなかった。

同じ屋敷にいるとはいえ、今後はもっと、嗣人と二人になる機会は減るだろう。

だがそれでも、嗣人の「守る」という言葉が心強く、嬉しい。

この人の役に立つために自分はここに来たのだ、という思いがさらに強くなる。

「では、またあとで」

嗣人はそう言って一歩下がり……そして翔也を見つめた。

その瞳の中にある何か不思議ないろに、翔也ははっとした。

優しく、そしてかすかな苦悩に縁取られた、切ない視線。

そしてその瞬間翔也は、嗣人に抱きつきたい衝動にかられた。

両手を伸ばして嗣人に駆け寄り、そして嗣人もその腕を広げて翔也をしっかりと抱き留めてくれるような——一瞬の想像に、なぜか身体の芯が熱くなる。

しかし現実にはそんなことは起きず、じっと立っている翔也の前で嗣人は向きを変え、扉に向かう。

振り向くことなく嗣人は廊下に出て扉を閉め、翔也は一人、今日から自分の部屋となった場所に取り残された。

今のは、なんだったのだろう。

嗣人の瞳の中にあった不思議ないろは。

そして、それに対して湧き起こった、自分の衝動は。

嗣人に抱きつき、抱き締められたいと思った一瞬の想像の中で、嗣人の腕の力強さや胸の広さを、温かさを、本当にリアルに自分の身体と心で感じたように思った。

それを思い返すと、頬が熱くなる。

翔也は自分を落ち着かせようと、ソファに座った。

目を瞑《つむ》り、何度か深呼吸する。

そう……おそらく、嗣人の「お前を守る」という言葉が、翔也の中の何かおかしなスイッチを押したのだ。

子どもが保護者に抱き締められたいと思うようなものだったのだろうか？

だが今翔也は考えるべきことは、嗣人の腕の強さなどではない。

刀根家の本宅に足を踏み入れた自分が、本当に「刀根翔也」としてこれから何十年も生きていくためには、何度でも心構えをし直さなくてはならない。

嗣人に与えられたファイルは別荘を出る前に破棄された。

必要なことはすべて翔也の頭の中にある。

それをいつでも取り出せるように、常に意識しなくては。

そう思いながらも翔也は、自分の中のファイルの表紙に、大きく嗣人の顔が描かれているような、それなのに中を見るためには表紙など見つめていてはいけないような、奇妙なもどかしさを感じていた。


半月も経つと、翔也の緊張は次第に薄れてきた。

もちろんそれは、スイスの寄宿学校から父の家に連れてこられた少年が当然感じる変化だ。

生活のペースも定まり、それに慣れてくる。

朝食は、基本的に一人で食堂で取る。

祖母は離れで一人で取るし、嗣人は仕事の都合によって朝食の時間がばらばらで、たいていは翔也の決められた日課よりも早い時間に済ませて出かけてしまうからだ。

家庭教師がつけられ、午前中は勉強をする。

一人の決まった人間ではなく、教科ごとに違う教師が手配されている。

翔也の学力の見定めがつけば進学先の候補も絞られてくることだろう。

今の翔也は、まず大学に進学することが最優先事項だ。

候補の大学の中には、学院で、翔也が誰にも必要とされなかった場合に進学したかもしれないところもあって、ちょっと不思議な気持ちだ。

昼食は一人の場合と、祖母に呼ばれて離れで一緒に取る場合と半々だ。

祖母に呼ばれれば、その場にはたいてい親族の誰かがおり、食後しばらくは歓談に付き合うことになる。

午後のお茶の時間から夕食までは一人になることができ、部屋で勉強をしたり、合間に屋敷の庭を散策することもできる。

そして夕食は、嗣人が帰っていれば祖母と三人で母屋《おもや》の食堂で、嗣人の帰りが遅ければ一人で食堂で、となる。

だが三人揃ってというのもそう頻繁ではなく、四日ぶりに顔を合わせたある夜、

「嗣人さん」

祖母が嗣人を呼んだ。

こういうとき、祖母は自分の手元に視線を落としていて、絶対に嗣人の顔を見ない。

祖母と嗣人の間には、初対面のときから翔也が感じた、他人行儀な距離感がある。

「はい」

嗣人は呼ばれて祖母の顔を見るが、どこか感情を殺した、無表情に近い顔だ。

「翔也もそろそろ馴染んできたようですから、近々少し、内輪の集まりでもしたいと思うのだけれど、どうかしら」

「集まりですか」

「ええ。翔也を見たい、翔也に会ってみたいと言っている方々がたくさんいます。綾人の忘れ形見を一目見たい、という方も、もちろん」

「そういうことでしたら」

嗣人は翔也を見た。

「お父さんを知っている人たちに会いたいだろうね？」

翔也は頷いた。

そういう集まりはむろん、「刀根家の跡取り」を見定めたいという人々の集まりであり、緊張を強《し》いるものではあるだろうが、いつかは経なくてはいけない段取りだ。

「ぜひ……父のことを、いろいろ伺いたいです」

嗣人は祖母に視線を向ける。

「それなら私に異存はありません。内輪のとおっしゃっても、この、母屋のホールでできる程度ではないのでしょう。Tホテルあたりを抑えますか」

事務的に尋ねると、祖母がはじめて嗣人を見た。

「あなたはすべてを、仕事のように話すのね。仕事で関わっている人たちもみな生きている人間で、それぞれに感情があるのだということを知っているのかしら」

どこか挑発的な口調だが、嗣人は手元に目を落としたまま淡々と答える。

「わかっているつもりです。人間関係の問題で、仕事に差し障《さわ》りが出るようなことはしていないつもりですが、母上のお耳に何か、そういった苦情が入っていますか」

「別にそういうわけでは」

祖母がかすかに苦笑する。

「綾人とお父さまが続けて亡くなって、急遽《きゅうきょ》の代役としては本当にうまくやってくれていると思いますよ、皮肉ではなく。こうして翔也を見つけ出して連れてきてもくれたし」

ちらりと一度翔也に視線をやってから、また嗣人を見る。

「ただね、あなたには人間的な感情があるのかしら、と思って」

翔也は驚いてただただ祖母と嗣人を交互に見るしかない。

そもそも祖母と嗣人がこんなに長い会話をするのを見るのもはじめてかもしれない。

嗣人は祖母とも、親族の誰とも、短い最低限の受け答えをするだけで、誰とも打ち解けた様子は見せない。

それでも翔也には、祖母の言葉はどこか納得できない。

嗣人は、翔也を後継者に定めるに当たって、名前を変えることをいやではないかとか、自分が翔也を一方的に選ぶのではなく翔也の意見も聞きたいとか、細やかに翔也を気遣ってくれた。

そしてあの、切ないような、どこか陰りのある笑み。

人間的な感情がないどころか、何か深いところにたくさんの感情を抱えている人だという気がする。

だが今ここで、自分が口を挟むべきではない、とも思う。

気まずいというよりはどこか緊張した沈黙のあと――

「人間的な感情、ですか」

嗣人がゆっくりと口元に笑みを浮かべ、はじめて祖母を真っ直《ます》ぐに見た。

「一応、忘れられない人の写真を肌身離さず持って歩く程度には、ロマンチストであるつもりですが」

はっと、祖母が息を呑《の》むのがわかった。

そして翔也の心臓も、ばくんと音を立てた。

忘れられない人……嗣人には、そういう人がいるのだ。

「……それは初耳だわ」

祖母がゆっくりと、言った。

「それともそれは、あなたが見合いの話をすべて断ったあげくに翔也を見つけ出してきたことを説明するための方便なのかしら？」

「ご想像にお任せします」

嗣人はあっさり答えて、再び食事を口に運ぶ。

祖母はそれ以上追及せず、さりげなく話題を変えた。

「集まりの件ね、芳村《よしむら》の旧邸を使うのはどうかしら。来月の私の誕生日あたりに」

芳村というのは後継者の途絶えた祖母の実家であり、昭和の時代に建てられた瀟洒《しょうしゃ》な洋館は、今は刀根家の所有となってハウスウエディングなどに使われていると、翔也が見せられた資料の中にもあった。

「ああ、それはいいお考えです」

嗣人はそう言って、ナプキンで口元を拭った。

「母上の誕生祝いなら口実としても自然かと。そのように手配しましょう。招待客リストなどは、母上から宮越にお申し付けください。その後私のリストと擦り合わせます」

そう言って立ち上がる。

「少し、取引の件で確認しなくてはいけないことがありますので、デザートは失礼します」

食堂を出て行く嗣人を見送り、翔也は祖母と二人になった。

「翔也」

静かに祖母が翔也を呼ぶ。

祖母ともまだ、完全に打ち解けたわけではない。

嗣人がいなくなって二人で向かい合うと、わずかに緊張するのは止められない。

「はい」

「受験を控えているからお勉強も大変でしょうけれど、いろいろと身につけて貰いたいことがあります。明日、離れのお茶室で少しお茶をあげたいのだけれどどうかしら」

祖母は、翔也に不足していることになっている日本文化についてあれこれ指導したいらしいのだろう。

茶道は学院で少し習ったが、心の「上書き」ですべて忘れた。

「はい、ぜひ教えてください」

微笑んでそう答える翔也を、祖母はじっと見つめた。

その視線が翔也の言葉の裏にある何かを探ろうとしているような気がしたが、動揺を表すことなく受け止めると、祖母は静かに頷く。

「では明日昼食のあとに。私もデザートは結構よ。翔也はゆっくりお食べなさい」

皿を下げに食堂に入ってきた宮越と翔也に半々にそう言うと、宮越の合図で入ってきた祖母付きの中年女性に車いすを押され、祖母は食堂を出て行く。

席を立って見送った翔也に、宮越がちょっと眉を上げて言った。

「どうなさいます、デザートは桃のコンポートですが、三人ぶん召し上がりますか」

その声音に含まれる茶目っ気《け》に、翔也はようやく、心からの笑みを浮かべた。

「それは無理かもしれませんが……ふたり分なら喜んでいただきます」

「召し上がっていただければ厨房《ちゅうぼう》の者が喜びます」

少なくとも宮越をはじめ、使用人たちは翔也が一日でも早く屋敷に馴染むよう気遣ってくれている。

四六時中、あら探しの視線にさらされているわけではないというのは、恵まれた環境なのだと翔也は思った。


忘れられない人。

嗣人が肌身離さず写真を持っている人、というのはどういう人なのだろう。

その夜ベッドの中で、眠りに入ろうとする翔也を邪魔したのは、嗣人のあの言葉だった。

忘れられない人。

そう、翔也には不思議だった。

後継者を探しに現れた嗣人があまりにも若かったことが。

そして、最初の日、叔父夫妻が陰で話していた、嗣人の立場で翔也を見つけ出してきた思惑がよくわからない、という言葉も。

嗣人は「自分の後継者は自分の息子」という考え方をしないのだろうか、と……それがかすかな引っかかりだったのだ。

最初に学院に現れたのはまだ三十になる前、思いがけず刀根家の当主となってまだ一年ほどだった計算になる。

その若さで、自分自身の息子、ということを人生から除外していたのだろうか。

だから漠然と、何か事情があるのだろう、という気はしてきた。

学院から「兄の息子」を探し出さなくてはいけない事情が。

結婚を考えられないとか、子どもができない体質であるとか、理由はいろいろ考えられる。

そして、先ほどの祖母との会話からすると……

嗣人には、忘れられない人がいる。

だとすればいろいろつじつまが合う。

その人とは、結婚できない事情があって別れたのだろうか。

それとももしかして……もうこの世にはいない人なのだろうか。

翔也はますます冴えてくる頭を持て余して寝返りを打った。

どうしてこんなことが、気になるのだろう。

嗣人の事情は自分には関係のないことであるはずなのに……祖母や親族の前であまり感情を表さない嗣人が、自分の中に抱え込んでいるであろうものが、気にかかる。

そもそも嗣人は、祖母や親族に対して、どうしてあれほど他人行儀なのだろう。

翔也には、家の中でさえ、嗣人は孤独で孤高だ、という感じがする。

学院に現れた嗣人が翔也に見せた陰りのある笑みさえも、誰にも見せない。

——あの人は、寂しくないのだろうか。

ふと浮かんだそんな言葉が、翔也の胸を切なくした。

そしてその切なさの理由が自分でもわからないまま、転々と寝返りを繰り返していた。


数日後、嗣人は翔也を買い物に連れ出した。

生活にも馴染んできて、最初に揃えてあったひととおりのものに加えて翔也自身が欲しいものが見えてきただろう、という口実だ。

「二人で出かける、運転手はいらない」

宮越にこう言っているのを聞いて、翔也は心が躍るのを感じた。

嗣人と二人きりになるのは久しぶりだ。

もちろん、嗣人は翔也の出自を知っている唯一の人間であるのだから緊張せずに寛《くつろ》げるのだが、それだけではない浮き立つような嬉しさがある。

翔也を隣に乗せて嗣人がハンドルを握ると、車はゆっくりと屋敷を出た。

「……こういうものにもね」

嗣人はナビの画面を指して、翔也を見る。

「関連会社の技術がずいぶん入っている。タッチパネル用に使われている有機素材の特許はうちのもので、世界的なシェアだ。中のソフトが連動している衛星にも出資しているし、ボディに使われている衝撃吸収効果のある塗料も、これから海外に売り出そうとしているものだ」

翔也は頷き、改めて車を見回した。

刀根家の関連企業は多岐にわたっている。製造関係は百年以上前の財閥時代からのものもあるし、通信やＩＴ系は、割合近年買収したものだ。

嗣人は持株会社の社長として、それらすべての頂点にいる。

そしてやがては自分が……と思うと、やはり緊張せずにはいられない。

「僕はいつから、具体的に事業に関わる勉強をはじめればいいんでしょうか」

翔也が尋ねると、嗣人は真面目《まじめ》な顔で正面を見つめながら答えた。

「今すぐに、と言いたいところだが、まずは大学だ。家庭教師から聞いているが、お前は本当にまんべんなく、どんな進路を与えられても大丈夫なように準備ができている。経営を学んでもらうのが理想なのだが、異存はないか？」

「もちろんです」

翔也は頷いた。

文系理系に偏ることなく、ひとつの分野を突き詰めるのでもなく、全体を見渡せる視野を持つことは、自分の適性でもあるはずだ。嗣人が求めたそういう適性を持っている少年を、そもそも学院側は候補に挙げたはずなのだ。

しかし、と翔也はふと気付いた。

「嗣人さんは……いつからそういう勉強を……？」

綾人という兄がいて、嗣人自身は後継者としては育っていないはずだ。

それとも「控え」として、いずれは兄を支える存在として、準備はしていたのだろうか。

「私は」

言いかけて、嗣人の横顔が一瞬陰った。

その陰りは、学院に最初に現れたときにも見たような気がする。

しかしすぐにその陰りは苦笑に追いやられた。

「私は自分がこういう立場になるとは想像もしていなかったからね。兄が亡くなって後継者と決まり、続けて父が亡くなって、半年ほどはパニックだったよ」

半年……それで「パニック」を抜け出せたのなら、嗣人も本当に優秀なのだ。

そして五年経った今、嗣人は立派に当主としてのつとめを果たしている。

祖母や親族から、嗣人の能力についての陰口のような気配はないのだから、それは確かなのだ。

「だが翔也には時間がある。ゆっくり覚悟を決めて、じっくり学んでほしいと思っている」

自分のような大変な目に遭《あ》わないように、と嗣人は言ってくれているのだ。

「ありがとうございます。ただ……覚悟の方は、できているつもりです」

嗣人が自分を選んでくれたときから、覚悟はできている。

だが、覚悟という言葉だけでは、どこかもどかしい。

このもどかしさの正体はなんだろう……と思っているうちに、車は大きな交差点を曲がり、その先で何台もの車が列を作っている最後尾に着く。

「駐車場待ちだが、それほど時間はかからないだろう」

嗣人が言ったとおり、列の先頭には制服を着た誘導員がいて、次々に車の列をさばいている。

「ここは……？」

まだ都心と言ってもいいような場所だが、広いスペースに大きな建物がいくつか連なった施設であるのがわかる。

「最近増えている、都市型のショッピングモールのひとつだ。地下鉄の駅にも直結しているが、駐車場もかなり確保できている」

嗣人が答えた。

「ここもうちの傘下だから時々見ておきたいんだよ。それに百貨店や専門店だと、顔を知られていて落ち着いて買い物ができないからね」

見学……というか、刀根家の事業に関する勉強も兼ねているのだ、と翔也にはわかった。

そうは言っても難しい話にはならず、買い物だけではなく、診療所が集まっていたり、キッズスペースが確保されていたりするショッピングモールを、翔也は物珍しく思いながら観察する。

嗣人も、あえて説明めいたことはせず、翔也の興味のままに、施設の中を巡る。

服や身の回りのものなどいくつかの店で買ってから、屋上に向かうエレベーターに乗り、扉が開くと、そこは思いがけず見晴らしのいい芝生の庭園だった。

翔也は「あ」と思わず声をあげた。

視線の先には、客が連れてきたらしい犬が何頭か、駆け回っていた。

「最近はこういう、都心のドッグランも人気だ。専用エレベーターも向こうにある」

そう説明してから、嗣人がふと気付いたように翔也を見た。

「そういえば……大きな犬と遊んでいたね」

学院で、とは口に出さずにそう尋ねる。

「……はい」

翔也は答えながら、ドッグランで飼い主にじゃれついている犬たちを見つめる。

と、翔也と嗣人の脇《わき》を飼い主に連れられてドッグラン方向に向かっていた大型犬が、何を思ったかくるりと向きを変え、翔也に向かって前足を上げた。

「あ、こら、すみません」

連れていた中年の女性が慌ててリードを引っ張る。

茶色のアフガンハウンド……もさもさとした長毛に覆われた大きな身体は、海王と同じくらいだ。

翔也は思わずその犬に向かって手を出そうとし、飼い主に無断で触ってはいけないと、慌てて引っ込めた。

すると嗣人が飼い主に尋ねる。

「触らせてもらっても大丈夫でしょうか」

「あ、もちろんです、ほら、お座り」

翔也の前に座りながら鼻面をしきりに突きつけてくる犬に、翔也は手を差し出した。

犬はその手に鼻面を、そして頭をぐいぐいと押し付けてくる。

翔也は嬉しくなって両手で犬の頭を包むようにして撫でた。

鼻面は海王よりもずっと尖った感じだし、そもそも海王は種類を特定できない雑種だが、やはりこの身体の大きさは海王を思い出させる。

じっと座っているのが苦手らしい犬はちょっとジャンプして翔也の手から逃れ、今度は毛並みを揺するようにして翔也に体当たりしてくる。

「うわ」

犬を受け止めながら思わず後ろによろけかけた翔也の身体を、背後から嗣人がしっかりと支えてくれたのがわかった。

「すごい、力が強い」

思わず声を弾ませて言うと、飼い主が困ったように笑う。

「お兄さんのこと気に入ったみたい、でも毛がついちゃいますよね、ほら、ルーク」

少し強い声で呼ばれ、リードを引かれ、犬はしぶしぶといった様子で翔也から離れる。

「それじゃ」

「ありがとうございました」

嗣人が穏やかに頭を下げ、犬はゆさゆさとドッグランに向かっていく。

翔也がその姿を見送っていると、翔也を背後から支えたまま、嗣人がふと言った。

「……犬を、飼おうか」

翔也ははっとして振り向いた。

「あ……飼っても、大丈夫……ですか？」

「もちろんだ、あの広さだし、犬の一頭や二頭。やはり大型犬がいいのか？」

嗣人は早くも飼うことに決めている口調だが、翔也は躊躇った。

犬……他の犬。海王ではない。

翔也が望めば、どんな種類の、どんな大きさの犬でも、嗣人は飼ってくれるだろう。

だがおそらく翔也は「どんな犬でも」好きなわけではない。

わんこ係もあひる係も同じように楽しかったし動物はみなかわいかったが、海王が特別だったのは犬だからではない。

死にそうだった仔犬を翔也が部屋に連れ込んでミルクを与えて育てた、そういう存在だからだ。

欲しいとしたら、海王だ……他の犬ではない。

「……僕は……いえ、やっぱり犬は」

思わず俯《うつむ》いてそう言うと、嗣人もすぐに気付いたらしい。

「そうか、そうだな、他の犬では……無神経なことを言って悪かった。あれは、翔也にとって特別な関係の犬だったのだろう」

ああ、この人はやっぱり自分の心をわかってくれる人だ、と翔也は思った。

自分の、これだけの言葉で気持ちをちゃんとくみ取り理解してくれる。

祖母の「人間的な感情があるのかしら」という言葉は、嗣人のどこを見て出てきたものなのだろう、と思う。

嗣人は彼自身の中に、繊細で複雑な感情を持っている人だからこそ、翔也の気持ちも理解してくれるのだ。

嗣人に、海王のことをもっと知ってほしい……と翔也はふいに思った。

話を聞かれるような距離に、人はいない。

「海王は……死にそうなところを僕が看病したんです。だから海王は僕を特別に思ってくれたんです。そして僕にとっても、自分が命を救ったからこそ、海王が特別にかわいかったんです」

「それは……深い言葉だな」

嗣人が呟いた。

「自分が救ったからこそ、特別な存在になる、とは」

そう言って、片頬にかすかな、皮肉めいた笑みを浮かべる。

「そういう存在はなかなか持てるものではないだろうな……私には経験がない」

「そんな」

翔也は思わず言った。

「僕にとって、嗣人さんは、僕を救ってくれた人です！」

嗣人が驚いたように翔也の顔をまじまじと見つめる。

「だが……私は、翔也の命を助けたわけでは」

「僕にとっては、同じことなんです」

翔也はきっぱりと言った。

「あのままでは……僕は、どう生きていったらいいか、わからなかった」

あのまま誰にも必要とされずに学院を卒業していたら、どれだけむなしかったことだろう。

誰にも選ばれず、学院の援助で大学に進学し、就職する……それだって一人の人間の生きる道としては、恥じるようなものではないだろう。

それでも官僚とか、大企業の社長秘書とか、そういう場所を与えられたとしても、それは自分以外の誰かで代用できるポジションとしか思えなかっただろう。

翔也は、誰かに選ばれてこそ、存在意義があるのだと思っていた。

その存在意義を、嗣人が与えてくれたのだ。

「だから僕は、嗣人さんの役に立ちたい。僕の望みはそれだけなんです」

嗣人は翔也の真っ直ぐな視線が眩《まぶ》しいかのように、眉を寄せ、目を細めた。

「では私は、海王にとっての、翔也だと……？」

そうです、と言いかけ……翔也ははたと気付いた。

こんな言い方をすると、だから嗣人にも、翔也が海王を特別に思うのと同じくらいに特別にかわいいと思ってほしいと……そういう意味になってしまう。

「あ、あの、あくまでも僕にとっては、で……嗣人さんは別に」

顔が赤くなるのを感じながら慌ててそう言うと、嗣人は真面目な顔で首を振る。

「いや。翔也が私に救われたと本当に思ってくれるのなら、それは私にとっても救いだ。そして、私もその翔也の想いに応えなくてはいけないと思う」

そして、頬に笑みを……あの、翔也が何度か見た気がする切ない笑みではなく、どきりとするような優しい笑みを浮かべた。

翔也はその笑みがまぶしく、どぎまぎして俯いた。

すると、嗣人の手が優しく、翔也の頭を抱き寄せた。

軽く、そっと。

嗣人の胸に額《ひたい》をつけるようなかたちになり、翔也の心臓がばくばくと音を立て始める。

なんだろう、これは。

こんなふうに嗣人と接近するのははじめてで……そしてそれが、嬉しいのと同じくらいに恥ずかしい。

芝生の上を、優しい風が吹き抜ける。

やがて嗣人が静かに言った。

「海王とのことを、教えてくれてありがとう」

それは、嗣人が翔也との会話から、何かを得たのだとわかる言葉だった。

わずかに、ほんのわずかに、翔也は何かしら、嗣人の役に立てたのだ。

でも、まだ足りない。

もっともっと、嗣人の役に立つ存在になりたい。

切ないくらいに、翔也はそう思っていた。


「車を、急いで」

数日後の朝、翔也が身支度を終えて食堂に向かおうと部屋の扉を出ると、宮越にそう言いながら廊下を急ぐ嗣人にぶつかった。

「あ」

驚いて一歩下がった翔也に、嗣人は眉を上げる。

「すまない」

上着の袖に手を通しながらも、嗣人は翔也にそう言って、そのまま急ぎ足で廊下を去っていき、鞄《かばん》を持った宮越があたふたとあとを追う。

何か仕事のことで、急いで出かけなくてはならないのだと翔也にはわかった。

大企業をいくつも抱えた持株会社の社長という立場がどれだけハードなのかは、翔也にはまだ実感のできないものだが、嗣人の多忙さがそれを語っている。

先日のように翔也と買い物に行く時間を作ってくれただけでも大変なことだったのだ。

嗣人の役に立てるのはまだまだ先のことだ。

自分が実際に嗣人の役に立てるのはいつのことなのだろう。その前に学ばなくてはいけないことが山ほどある。

ふう、と短く息を吐いて翔也は食堂に向かおうとし、足元に何か落ちているのに気付いた。

小さな革の、カード入れのようなもの。

今ぶつかったときに、嗣人が落としたのだろう。

何か大事なものだったら大変だ、と慌てて拾い上げて——翔也ははっとした。

そこには、一枚の写真があった。

——若い男性の。

繊細で優しげな面立ちの男は、二重の目を細めてカメラに向かい、はにかむように微笑んでいる。

その目を……知っている、ととっさに翔也は思った。

この顔は見たことがある、と。それも、頻繁に。

そして次の瞬間、それが鏡に映った自分の顔だと気付いてぎょっとした。

いや、その写真が翔也の写真だというわけではない。目鼻立ちは明らかに違う。

年齢も、今の翔也よりは上だろう。

しかし、顔立ちそのものではなく、全体の印象が似ており……そして特に、その目が、似ていると感じる。

だがその人物には全く見覚えがない。祖父や父、親族など、嗣人が作ってくれたファイルの中にあった誰とも違う。

刀根家には関係のない誰か……ということだろうか。

先日の、祖母との会話を思い出す。

「忘れられない人の写真を肌身離さず持って歩く程度には、ロマンチストであるつもり」だと、嗣人は言った。

だとするとこの人が、嗣人の忘れられない人なのだ。

男の人だったのだ。

もちろん……そういう、同性に対する恋愛というものが存在することは知っている。

嗣人がそういう人間だったとしても、それほどの驚きはない。

しかし刀根家のような家で、しかも跡取りではない次男ならまだしも、当主とあっては、それは許されないことだ。

跡取りの男子を儲《もう》けることが至上命題だからだ。

しかし、もしこれが嗣人の『忘れられない人』だとすると、嗣人が早くから自分の後継者

を、外から迎えることを考えていた理由の説明がつく。

結婚はしない、自分の子どもは持たない、というのが嗣人の生き方なのだ。

翔也はもう一度写真を見つめ、微笑み返してくる、明らかに自分と似た部分があるその男の顔を見つめ――

はっと我に返った。

嗣人に、届けなくては。

慌てて玄関に走ったが、ちょうど車は出てしまい、見送った宮越と使用人たちが家の中に入ろうとしているところだった。

「翔也さま、どうなさいました」

宮越が驚いたように眉を上げる。

翔也はとっさに、カード入れごと自分の手を上着のポケットに突っ込んだ。

これを宮越に見られることを嗣人が望むかどうかわからない。

「いえ……あの……嗣人さんを見送ろうかと思ったんですけど……」

「何しろ今日はお急ぎでしたから」

宮越が残念そうに言って、

「翔也さまの朝食の準備は調っております」

と、食堂の方向を示す。

これをどうしよう、と思いながら、翔也はカード入れを残してポケットから手を出した。

嗣人の思惑。

考えれば考えるほど、翔也は、そこに一つの答えがあるような気がしてきた。

最初に学院に現れたときの、翔也を見て、わずかに見開いた目、そしてすぐに浮かんだ、戸惑いを含んだ陰り。

そして二度目に現れて「選ぶならきみだと、あのときに決めていた」と言ってくれた。

それは……翔也の何が決め手だったのか。

写真の人とどこか似ている、ということが決め手だったのではないのか。

つまり嗣人は、「忘れられない人」に似ているから翔也を選んだのではないだろうか。

翔也の中で、いくつかの言葉が繋がってくる。

二度目に嗣人が現れたとき、理事長がオプションのことを言いかけていた。

オプション教育にはいろいろあるが……もしそれが、生徒たちにとって一番謎《なぞ》めいていて興味のあった「性オプション」に関わるものだったら……？

最初に現れたときに、理事長にはその希望を伝えていたのだとしたら？

そして今回は時間をかけたくないと言った……つまり翔也を本邸に連れてくるまでに時間

の余裕がなかったのでそのオプション教育を諦めたのだとしたら？

いや、そんなはずはない、嗣人はそんなそぶりはまるで見せなかった……と、思う。

だがそれは、自分が学院の外の世界の「大人の男」というものを知らないからかもしれない。

性オプションを「自分のために」望んだからと言って、がつがつと誘いをかけてくるような人間とは限らない。

嗣人が……ひそかに、そういうことを翔也に期待して選んだのだとしたら……？

翔也の脳裏に、もうひとつの、嗣人の言葉が浮かぶ。

ただ諾々と言いつけに従うのではなく、なすべきことを自分でみつけられる人間。そういう人間であることを翔也に期待しているという意味合いの言葉だった。

今のところの翔也は、置かれた場所に順応しようとし、言われたことに従っているだけだ。

まだ、自分で選んで行動を起こすような場面は訪れていないと感じたからだ。

だが……だが、はじめからそういう意味で、自分から行動を起こすことを期待されていたのだとしたら。

まさか、と思う気持ちが次第に追いやられ、それが「答え」なのだという気がしてくる。

自分から、嗣人のもとへ行き、オプションで求められている行動を取る。

もちろん嗣人はオプションの教育を受けてはいない。

だが、基本的な性教育は受けているし、少年たちの間で話し合われていたこともあるし、何より卒業ぎりぎりの年齢まで学院にいたことで、それとなく見聞きしたことも自然と増えている。

夜、嗣人の寝室に行き、求められている行動を取る。

それが嗣人に対する自分の義務だ。

そう思いながらも、翔也はそれが単なる義務ではなく……嗣人のためなら進んで果たしたいと思っている義務なのだと、気付いていた。


その夜、嗣人が帰ってくるまで起きていようと思ったはずなのに、気がついたら居間のソファでうとうとしており、廊下の向こうで扉が閉まる音がして、はっと目が覚めた。

時計を見ると、十二時を回っている。

ついさっきまで緊張して嗣人の帰りを待っていて眠るどころではなかったはずなのに、緊張しすぎて疲れてしまったらしい。

だが今、頭は冴えている。

翔也は急に、心臓がばくばくと走り始めるのを感じた。

しかし帰ってすぐに部屋を訪ねるのも……と思い、嗣人が着替え、もしかしたら入浴まで済ませるかもしれない時間を三十分ほど、と想像する。

三十分したら、嗣人の部屋に行くのだ。

そして……そして……どう言えばいいのか。「オプションの件で」では、いくらなんでもストレート過ぎるだろうが、「僕の求められていることがわかりました」とかでは雰囲気がなさすぎるだろうか。

自分がちゃんとオプションの教育を受けていたら、とつくづく思う。

とりあえず、あの写真が入ったカードケースを見せれば、翔也が理解したことをわかってもらえるだろうか、と部屋着のズボンのポケットに入れる。

あれこれ考えているうちにあっという間に自分で決めた三十分が過ぎ、翔也は心を決めて立ち上がった。

そっと自分の部屋を出て、廊下の向こうの嗣人の部屋に近付く。

深呼吸をし、小さく二度、ノックするが、返事はない。

もう一度ノックしたがやはり返事がなく、もう眠ってしまったのかと思う。

だとしたら邪魔をしてはいけない、出直しだ。

どこか拍子抜けしたような、ほっとしたような気持ちで向きを変えようとし、何気なく……本当に何気なく、ノブに手をかけると、あっさりと回った。

鍵がかかっていない。

これは……これはもしかすると、翔也がいつ訪れてもいいように、という意味なのだろうか。

再び鼓動が速まるのを感じながら、翔也はそっと扉を開けた。

翔也の部屋と同じように、入った最初の部屋は居間で、ダークブラウンを基調とした落ち着いた雰囲気だが、嗣人の姿はない。

左右に別室に通じる扉があり、両方とも開け放たれていて、片方は書斎、片方は寝室だと見当がつく。

書斎は灯りが消えていて、寝室のほうが明るい。

翔也はそっと、寝室に近付いた。

そっと呼んでみた、自分の声が緊張で震えている。

「嗣人……さん」

しかし返事はない。

寝室を覗き込むと……嗣人が、上着を脱いだだけのシャツとズボン姿のまま、ベッドに倒れ込んでいる姿が目に入り、翔也はぎょっとした。

何かあったのだろうか。

慌てて駆け寄ると——嗣人は、寝息をたてていた。

右手がボタンをはずそうとしているかのように、ワイシャツの首のあたりにかかったままで、着替えている途中で寝落ちしてしまったのだとわかる。

はらりと額にかかった髪が、妙に艶っぽく見えて、翔也の身体がぞくっとした。

整った、貴族的な顔には、いつもは真面目で抑えた雰囲気の表情を浮かべているのだが、今はまるで違う……眉間《みけん》の緊張が解けた、優しくやわらかな雰囲気だ。

この人は、こんな顔で眠るのだ。

いつまでもこの顔を見つめていたいという気持ちにさせられるが、このままでは風邪を引く。

「嗣人さん」

そっと呼んだが、嗣人は起きない。

「嗣人さん……嗣人さん、起きてください」

思い切って肩に手を置き、そっと揺すると……

「ん……」

嗣人が小さく声を出し、そして目を開けた。

焦点を合わせようとするようにすぐに目を細め、翔也を見上げる。

訝《いぶか》しげに眉が寄った。

「……どうした……？」

そう尋ねる声が少し掠《かす》れて、いつもの嗣人とは違う無防備な感じがして、どうしてか翔也の胸がずくりと疼《うず》いた。

「嗣人さ……」

嗣人の顔をもっと近くで見たくなり、思わず上体を嗣人の上に伏せかけると、嗣人の腕が翔也の肩に回った。

嗣人は眠そうに半分瞼《まぶた》を伏せながらも、その腕で翔也を抱き寄せる。

顔が近付いた。

翔也は鼓動が走り出すのを感じながらもその腕に身を委ね――

自分から、嗣人の唇に、自分の唇を重ねた。

少しかさついた、しかし温かな唇。

キスをしている。嗣人と。

嗣人は拒否はしない、驚いた様子もない。

そして嗣人の唇がやわらかく、翔也の唇を食《は》んだ。

オプションに関する自分の想像は間違っていなかったのだ……！

そう確信するとともに、後頭部がかっと火照《ほて》ってくる。

翔也は嗣人に体重をかけてしまわないように、嗣人の頭の両脇に肘《ひじ》をついた。

嗣人の手が翔也の肩から首の後ろへと移動し、優しく親指で首筋を撫でながら、口付けを続ける。

身体の芯がじんわりと熱を持ち、翔也は焦った。

ここからどうすればいいのか、どうするのが嗣人の望みなのだろうか。

友人との間でこっそり交換した知識を、必死に記憶の中から探り出す。

そう、舌。キスを「される」のではなく「する」のだと……舌を使って、互いの性感を高めていくのだと……そんな知識が引っかかった。

思い切って、自分の唇の間から舌を押しだし、嗣人の唇を舐める。すると嗣人の唇も開き、舌と舌が触れ、唾液《だえき》の甘さが翔也をぞくりとさせた。

「ん……っ」

鼻から抜ける息とともに、ぎくりとするほど甘い声が洩《も》れる。

それを意識した途端に襲ってきた羞恥から逃れるように、翔也は次にすべきことを考えた。

服だ。

服は……脱ぐはず。ということは、脱がせなくてはいけないのだ。

翔也の方はパジャマで忍んでくるのはあまりにも露骨な気がして、ゆったりした部屋着のシャツとズボンだが、嗣人はまだワイシャツも着たままだ。

嗣人はともすれば口付けの方に気を取られてしまうのを必死に逸《そ》らし、指でワイシャツの一番上のボタンをはずそうとしたが、うまくいかない。

焦って震える指が滑って、ワイシャツの襟を強く引っ張ってしまい、嗣人の唇が、頭ごと

横にずれた。

「あ」

顔が離れ、目が合う。

その瞬間、嗣人の顔に驚愕《きょうがく》が浮かび――

「何をしている！」

鋭い声とともに、翔也の身体を押しのけるようにして起き上がった。

ようやくはっきりと目覚めたように嗣人は前髪を掻《か》き上げ、ワイシャツの襟元を握り締め、
壁の時計をちらりと見上げてから、翔也に視線を戻す。

瞳に浮かぶ驚きが、ゆっくりと訝しげなものに変わる。

「どういうつもりだ、どうしてこんな時間にここへ」

「あ、あの」

うろたえながら翔也は悟った。

間違った。自分の行動は間違っていた……！

嗣人はたった今何をしていたのかを悟ったように、自分の唇を手の甲で押さえる。

みるみる顔が険しくなった。

「そうか……例の、オプションか。だが私はそんな注文はつけなかったはずだ。それとも、
この四年の間に仕込まれていたのか」

では嗣人は、翔也に性オプションなど求めていなかったのだ。

だとしたら今のキスは、翔也が相手だと意識してのものではなく、眠りの中で、他の誰か——あの写真の人、と間違えたのだろうか。

「す……すみません、僕は……」

「出ていけ、部屋に戻れ」

嗣人はぴしゃりと言ってから、それでも翔也が蒼《あお》ざめていることに気付いてか、少し口調をやわらげた。

「部屋に……戻りなさい」

それ以上翔也が何か言ってもこの空気は変わらない。今自分にできるのは、とにかくここから出ていくことだけだ。

それでも嗣人に向かって深く頭を下げてから、翔也は逃げ出すように嗣人の部屋を出て自分の部屋に飛び込んだ。


どうしよう。

とんでもない勘違いをしてしまった。

嗣人は怒っているだろうか、呆《あき》れているだろうか、それとも軽蔑しているだろうか。

いったいどうして自分は、嗣人が翔也にオプション行為を期待しているなどという勘違いをしてしまったのか。

そう考えているうちに翔也は、自分がまだあの、写真の入ったカード入れをポケットに入れていることに気付き、震える手で取りだして、見つめた。

そこにはやはりあの若い男性が微笑んでいた。

しかし改めて見てみると、最初に思ったほどに自分と似ていない、という気もしてくる。

ぱっと見の、瞳の印象が似ているような気がしただけで、顔立ちそのものは違う。

嗣人の「忘れられない人」と自分は、まるで違う。

ぱたりとカード入れを裏返し、翔也は深呼吸した。

これは、明日にでも宮越に「廊下で見つけた」と言って預けよう。

だが、嗣人との関係はこの先どうなるのだろう。

明日、顔を合わせたら、嗣人が自分を軽蔑の眼差《まなざ》しで見るのではないだろうか。

それどころか、翔也と顔を合わせることすらしないのでは……？

そうなったら、もう自分は二度と、嗣人の優しい笑みは見られないのだろうか。

もう二度と、嗣人に励ますような言葉もかけてもらえないのだろうか。

それどころか……傍《そば》にいるだけで嗣人を不快にさせてしまうのだろうか。

考えれば考えるほど、辛《つら》くなっていく。

それでも、嗣人の唇の感触は、翔也の唇にはっきり残ってしまっている。

翔也は震える指で、自分の唇に触れた。

はじめての、キス。

キスとか、性行為とか、そういうことに関して学院ではドライに教えられていた。

男だったら条件さえ整えばできることだ。

望ましい相手との行為はもちろん幸福感を伴うが、そうではない状況でも行為はあり得るし、それ自体は別に恥じることではない。

ただ、自分が求められ、置かれた位置で、必要な行為としてなし得るかどうかが大事なのだと……オプションではない普通の性教育の授業でも、その程度のことは習った。

なのに今、翔也は自分のはじめてのキスの相手が嗣人であることが、自分にとって特別な意味を持っているように思えてならない。

だがその「意味」を突き詰めてはいけないと、脳の中で警報が鳴っている。

嗣人に、謝るべきだろうか。

それとも嗣人は、そんなことすら求めていないだろうか。

次から次へと湧いて出てくる疑問と不安に、翔也はその夜、眠るどころではなかった。


翌朝、食欲はなかったが翔也は決められた時間に食堂に向かった。

よほど具合でも悪いならともかく、自分の都合で厨房や使用人にルーティンの狂いを生じさせてはいけないと、それは学院の教育で叩き込まれている。

人に仕えられる人間には、そのための自覚と責任が必要なのだと。

「おはようございます」

宮越に迎えられて食堂に入っていくと、そこに嗣人の姿があって、翔也ははっとした。

普段、嗣人は翔也の朝食時間より前に家を出ることが多く、今ここで出くわすことは予想していなかったのだ。

ネクタイを締めているが、上着は着ていない。三つ揃いのベスト姿が、胸板の厚い男らしい身体を引き立てている。

朝食はすでに済ませたようで、飲みかけのコーヒーカップだけが置かれている。

「おはよう」

翔也の顔を見て、嗣人は言った。

何ごともなかったように、ごくごく普通の表情と口調で。

翔也は瞬時に、嗣人の意図を悟った。

「おはようございます」

声は、震えなかったはずだ。

「今日は少し時間に余裕があってね」

そういう口実で「いつもと変わらない」ことを翔也に示すために、翔也が現れるのを待っていたのだ。

だとしたら、自分も同じように応じなくては。

学院での教育を思い出し、動揺を抑えつけ、それを顔に出さないように食卓につく。

「今日は理数科目の家庭教師が来る日だったか」

嗣人は翔也の目をちゃんと見て、しかしその視線には特別な意味を全く持たせず、静かに尋ねる。

おそろしいほどの自制心。

そしてそれは、嗣人の後継者として、自分が見習わなくてはいけないものだ。

「はい、新鮮な視点の先生なので頑張りがいがあります」

「うん、今翔也に必要なのは日本の大学の受験テクニックだからね。場合によっては予備校に、ということも考えてあるから、どうしたいか考えておきなさい」

「はい」

いつもと同じように会話をしながら、それでも翔也は、嗣人と自分の間に、これまでになかった大きな距離があるように感じていた。

あまりにも自然であるがゆえに逆に、これが表面上を取り繕うための会話なのだと強く感じさせるからだ。

しかし次の瞬間、翔也は気付いた。

そもそも……自分と嗣人の「距離」は、今まではもっと近かったのだろうか？

嗣人にとっては、昨夜は心得違いを咎《とが》めただけのことで、別に翔也との距離感など今までと変わらない……のでは？

確かに、嗣人が翔也に何か個人的な親しみを感じている、という根拠は何もない。

翔也の方は、最初に学院に現れたときに「この人とは深い部分でわかり合える」というような感じがした。

そしてその後何年も嗣人のことが忘れられず、だからこそ四年後にもう一度現れて自分を選んでくれたときには本当に嬉しかった。

だが……嗣人にとっては「条件に合う少年を選んだ」だけのことだ。

先日の買い物でも、海王ではない他の犬は飼う気がしないという翔也の気持ちをわかってくれたと感じたが、それは翔也でない他の少年の言葉だとしても同じだったのではないか。

嗣人と自分の間に、何か特別なものなど、ない。

そう気付いた翔也は、胸の中がさあっと冷えていくように感じた。

自分は何を舞い上がっていたのだろう。

嗣人の役に立ちたい、嗣人に気に入られたい……それは自分の立場で個人的な感情と絡《から》めるようなものではなかったはずなのだ。

そういえば学院のカウンセラーも、「きみたちがどこから来たかを知っている少数の人に、精神的依存に陥らないように」と注意していた気がする。

自分は……嗣人に対し、そういう依存に陥りかけていたのだろうか？

性オプションに対する勘違いも、そこから来たのでは？

「さあ、ではそろそろ行かなくては」

嗣人は静かに残ったコーヒーを飲み干すと、立ち上がった。

慌てて立ち上がろうとする翔也を軽く手で制す。

「いい、ゆっくり食べなさい」

穏やかで、気遣いに溢《あふ》れていて……そしてなんの感情もこもらない、抑えた声。

「はい、行ってらっしゃい」

翔也は自分が嗣人に向けた笑みも、きっとそういうものになっているはずだと思った。


自分は幸せな環境にいるのだ、恵まれた境遇なのだ。

翔也は改めて自分にそう言い聞かせた。

必要とされる場所にいる。

親族たちにもそれぞれに思惑はあるのだろうが、翔也の出自については誰も疑っていない、それだけでストレスはかなり軽減されている。

馴《な》れ馴れしく近寄ってくる人間もいない。警戒しなくてはいけないのはむしろそういう相手だと学院でも聞かされたが、今のところ親族も使用人も、誰もが礼儀正しい距離を保って接してくれている。

これ以上望むべくもない、安定して理想的な環境に置かれているのだ。

それなのにそれだけでは何かが足りないのだと思ってしまう、自分がどうかしているのだ、と翔也は考えた。

「お待ちください、大奥さまは本日はお加減があまりよろしくなく……」

「会いたいのはあの子どもだ。まあ子どもという年でもないが」

「翔也《しょうや》さまにお会いになりたいのでしたら、宮越《みやこし》さんか嗣人《つぐと》さまにお伺いを」

「もったいぶるな、親戚が顔を見に寄って何が悪い」

玄関で、若い女性の使用人が誰かと押し問答をしている。

午後の自由時間になって、庭の散歩から戻ってきた翔也は、自分の名前が出たので思わず足を止めた。

車止めには一台の乗用車。

玄関からそっと中を覗《のぞ》き込むと、三和土《たたき》の段差を挟んで、女性の使用人と一人の男が向かい合っていた。

使用人が翔也にはっと気付き、その視線を追って男が振り向く。

カジュアルなジャケットを着た、それほど年配ではない……嗣人より少し年上だろうか、という感じの男だ。

「あ、もしかしてきみが翔也？」

男が親しげに笑う。

しかしその笑みが、どこかは虫類を思わせる、と翔也は感じた。

「あ、翔也さま、こちらは……」

「私はきみの又従兄《またいとこ》にあたる、増山明通《ますやまあきみち》」

マスヤマアキミチという音を、翔也はとっさに親族名簿の中から探し当てて頭の中で漢字に変換した。添えられていた写真とも合致する。

祖母の姉妹の孫にあたるはずだ。

父親が刀根家の傘下にある会社の役員を務めており、明通本人は何かベンチャーをやっているということだが、コネ目当ての仕事ばかりでぱっとしていない、というのが嗣人が用意してくれたファイルの情報だ。

「お名前は存じ上げています。翔也です、よろしくお願いいたします」

それでも親族であるのは確かで、翔也はきちんと頭を下げた。

「全く、ここの使用人は融通がきかないね。大叔母《おおおば》さまのお加減が悪いのならぜひお見舞いしたいし、嗣人がいなくたってきみに会うくらいのことはさせてくれたってよさそうなものなのに、私を追い出そうとしたんだよ」

使用人を非難するように言うが、彼女はおそらく宮越の言いつけに従っているだけだ。

祖母は確かに「頭痛がするので今日の昼食は一人で取るように」と言付けてきていたから、「今日は誰が来ても会いたくない」とも言われているのだろう。

「宮越さんは？」

翔也が尋ねると、使用人は困ったように答える。

「外出中で……間もなく戻るとは思うのですが……」

判断できる人間はいない。

そしてもう翔也は明通と挨拶《あいさつ》をしてしまったのだから、これ以上なんの権限もない使用人を困らせても仕方ない。

「よろしければ……中へ」

翔也がそう言うと、使用人はほっとした顔になった。

「では、応接間へ」

「うん、場所はわかっているから」

明通はさっさと靴を脱ぎ、勝手知ったるという感じで応接間に向かう。

「宮越さんが戻りましたら、すぐにお知らせ致しますので」

あとを追おうとした翔也に、使用人は小声で囁《ささや》いた。

「お願いします」

翔也は頷《うなず》き、明通に続いて応接間に入った。

明通はさっさと座り心地のいい一人がけのソファにどっかりと腰を下ろし、脚を組む。翔也が九十度の角度にある三人掛けのソファの、真ん中あたりに座ると、明通はじろじろと翔也を見た。

「で？」

ふふん、と鼻を鳴らして明通は翔也を見て、そう尋ねる。

どういう意味だろう。「で？」とは。

すると明通は翔也の方に上体をかがめて意味ありげに言った。

「で、きみはどこから現れたんだ？　噂《うわさ》の御曹司《おんぞうし》養成所か？」

翔也は、本当に意味がわからなかったのできょとんとして明通を見つめた。

「おっしゃる意味が……わからないのですが」

「へーえ、本当に知らないのか、それとも訓練されてるのか」

明通はソファの背に身体《からだ》を預け、横柄に翔也をじろじろ眺める。

「最近……この少子化で後継者不足のご時世にさ、よそで育てられていた息子が本家に引き取られた、みたいな話をいくつか聞いて、都合のいいことがあるものだと思ってたんだが、なんと刀根《とね》家にもそういう後継者が現れたっていうんだから、驚いたよ」

翔也は内心の動揺をとっさに押し隠した。

明通が言っているのは――学院のことだ。

御曹司養成所、などという呼び方をされているとは知らなかったが、間違いない。

そして、こういう事態はありうるかもしれないと、学院でも想定していた。

当然対応も学んでいる。

自分は刀根翔也だ。刀根翔也として答えればいい。

「僕も……自分がまさか、父の家に受け入れてもらえるとは思っていなかったので、驚きましたが、明通さんは何かご不満があるのでしょうか」

「そう来たか」

明通は面白くなさそうに眉《まゆ》を寄せる。

「できすぎだな、あまりにもできすぎ。親族のじいさんばあさんも完全に騙《だま》されているようだが、俺はむしろ、お前はあまりにも完璧で、だからこそわざとらしいと思うな」

言葉遣いが次第にぞんざいになってきている。

翔也は黙って明通を見つめた。

内心の不安を視線に表さないよう、努力しながら。

この人は明らかに学院のことを知っていて、そして翔也を疑っている。

何がまずかったのだろう。

できすぎ、完璧、わざとらしい……それが、自分の失敗なのだろうか。

今の短い受け答えの中に、明通の疑いを補強するような失敗があったのだろうか。

もしこの場に嗣人がいてくれたら、と翔也は思った。

最初の食事会のときのように、嗣人が見守ってくれていたら。

あからさまな助け船を出さないまでも、嗣人がその場にいてくれるだけで、どれだけ心強かったことだろう。

だが……だがそれはきっと、依存だ。

一人で対処しなくては。

「僕は……」

翔也は思いきって言った。

「明通さんが、何をお疑いなのかよくわからないのですが、僕を刀根家の跡取りとしては認めたくないと、そうおっしゃっているのでしょうか」

「まあ……そうだな」

明通は頷く。

「お前が現れなければ、俺にだってチャンスがあった。俺は刀根の血筋ではなく芳村《よしむら》の血筋だが、芳村の財産を全部刀根家が持っていってる以上、刀根と芳村はひとつみたいなもんだ。だったら俺にだって権利はあるはずだ」

翔也は唇を噛《か》んだ。

そう、まさにこういう事態を避けるための、学院の存在なのだ。

親族間で後継者争いが起き、血筋だけに頼って能力のないものを据《す》えたり、争いそのもので弱体化したり、そういうことを防ぐために、学院が後継者の少年を提供しているのだ。

そして嗣人は、そのために自分を選んでくれたのだ……！

翔也は頭の中で、無意識に嗣人と明通を比較していた。

嗣人のような人なら、どこからも文句は出ない。だが……明通はだめだ、この人は刀根家をまとめるのにふさわしい人物ではない、と本能的に思う。

容姿、立ち居振る舞い、他人に与える第一印象、すべてが嗣人とは比べものにならない。

そして義務や責任ではなく、「財産」という言葉が最初に出てくるところが決定的だ。

だったら自分は、この人の疑いを認めるわけにはいかない。

自然と、背筋が伸びた。

「僕は、刀根家の後継者です。嗣人さんが僕を連れ帰ってくれ、おばあさまがお認めくださいました。それがすべてだと思います」

声にも力が籠《こ》もる。

明通の顔に、さっと血が上り、瞳《ひとみ》に強い苛立《いらだ》ちが浮かんだ。

「……そう言い張るんだったら」

立ち上がり、翔也の隣にどっかりと腰を下ろすと、とっさに腰を浮かせかけた翔也の肩に腕を回して抑えつけた。

その手で翔也の顎《あご》をぐいっと摑《つか》む。

「確かめる方法がある」

身動きしようとするのを、見かけによらない力で抑え込まれる。

「……何を……」

「例の御曹司養成所、あそこから来たらしい連中……特に、ある程度の年になってから送り出された連中には、特別な技が仕込まれてるって話だ」

逃げなくては、と思った瞬間、顎を摑まれて完全に閉じられない唇の隙間《すきま》に、明通の太い指が何かぐにゃりとしたものを押し込んだ。

グミのような舌触り。

と、鼻と口を掌《てのひら》で塞《ふさ》がれたまま、ぱんと頬《ほお》を叩《たた》かれた。

そして口だけ解放されて掌が離れて空気を吸い込んだ瞬間――飲み込んでしまった。

するんと喉《のど》を通過していく柔らかいもの。

「何を飲ませたんです！」

身体を振りほどいて逃げようとしたが、明通は立ち上がった翔也の手首を掴む。

「ほんの一、二分で効いてくるはずだ」

明通はにやりと笑った。

「まず、身体が熱くなる。それから、ここが勝手に興奮してくる」

翔也の股間を、指先で突く。

翔也は自分が何を飲まされたのか理解した。

性的な興奮剤、のようなものだ。

つまり明通が言っているのは……

「お前たちは、男を誘惑する手管を教え込まれているんだろう？　嗣人もその技でたらし込んだってわけか？」

「違う！」

翔也は渾身《こんしん》の力で明通の手を振りほどいたが、明通は素早く今度は翔也の膝《ひざ》を掴む。

「あ！」

ソファの上に前のめりに倒れ込んだ翔也の背中に、明通が覆い被《かぶ》さってきた。

何か格闘技の経験でもあるのか、的確に翔也の自由を奪う。

「そういやがるな。どんな男だって相手にするための特別教育なんだろう？」

翔也のうなじを舐《な》めるような距離で明通が囁き、翔也は首を振った。

「僕は、そんなオプションは受けていない！」

言ってしまってから、翔也はぎょっとした。

くくっと、明通が笑う。

「当たり、か」

かまをかけられたのだ。

そして自分は簡単にその罠《わな》にはまってしまった。

明通はオプションという言葉を使わなかったのに、自分で口走ってしまったのだ。

飲み込まされたものも、もしかするとただの菓子だったのか。

「離せ、離せ……！」

もがきながら、翔也の頭の中は真っ白になっていた。

学院から来たことを知られてしまったら、嗣人の立場はどうなるだろう。

とんでもないことをしてしまった。

「まあそう暴れるな、このあと俺に――」

明通が翔也の背中にさらに体重をかけながら言いかけたとき。

ふいに、翔也の身体から重みが消えた。

「これはどういうことだ」

鋭い声が響く。

翔也が急いで明通の下から這《は》いだし、背後を見上げると、そこには明通の腕をねじ上げている嗣人の姿があった。

一見無表情に見えるが、その瞳に強烈な怒りが見える。

「は、離せっ」

今度は明通が痛みに顔を歪《ゆが》め、その明通の腕をぐいっと引いて、嗣人が立ち上がらせる。

「翔也さま、お怪我《けが》は」

声をかけられて、翔也は宮越もその場にいるのに気付いた。

宮越が帰ってきて事情を聞き、嗣人を呼んでくれたのだ。

「は、はい……なんとも」

翔也の言葉を横目で確認してから、嗣人が明通に向き直った。

「どういうことか説明して貰《もら》おうか」

怒りの籠もった低い声で明通に尋ねる。

明通は嗣人の手を振り払おうとしたが、嗣人はびくともしない。

嗣人の方が身長も高く、余分な肉のない鍛えられた身体が、明通を軽々と抑え込んで離さない。

明通は顔を歪めながら吐き捨てた。

「それはこっちの台詞《せりふ》だ。どこの馬の骨ともしれない子どもを、綾人《あやと》の子だなどと偽って引っ張り込んで――」

「翔也は兄の忘れ形見だ。それを否定する材料は何一つない。違うという証拠を出せるものなら出してみればいい」

嗣人の声は力強く、自信に溢《あふ》れている。

「そして、お前が今ここでしていたことは犯罪だ」

「はっ、それこそなんの証拠もない。こいつが俺を誘惑したのだと言ってやる」

「だったら」

嗣人がぐいと明通に詰め寄った。

「私は私で、別な証拠を用意してある。お前の立ち上げたいい加減な会社の経理状況は調査済みだ。国税局が知ったら喜ぶだろうな」

氷のような声音で嗣人がそう言うと、明通はさっと蒼《あお》くなった。

「お前……まさか、スパイしてたのか！」

「刀根家の当主としての、自衛だ」

「くっそ……っ」

一瞬、二人の視線がぶつかったが……明通のほうが、すぐに目を背《そむ》けた。

嗣人の冷静な迫力に、明通の虚勢は到底太刀《たち》打《う》ちできるものではない。

勝負はついたのだ。

突き放すように嗣人が明通の腕を離すと、明通は絨毯《じゅうたん》に手を突くように倒れ込んだ。

「くそ……っ、馬鹿力め」

口惜しそうにそう言いながらよろよろと明通が立ち上がると、

「玄関までお送りいたします」

宮越が冷静に言って、ふらふらと応接間を出て行く明通を追う。

その後ろ姿を確認した嗣人が、さっと振り返った。

「翔也!」

まだ座り込んでいる翔也の傍《かたわ》らに膝をつく。

「本当に大丈夫か」

「あ……」

答えようとした、翔也の舌がもつれた。

どうしよう、おかしい、身体が変だ。

じんわりと身体の芯《しん》が熱くなって、皮膚がぴりぴりするような奇妙な感覚。

頬が火照《ほて》り、口の中が乾き、身体の力が変なふうに抜けて、背中を真《ま》っ直《す》ぐに伸ばしていられない。

「どうした、何かされたのか」

嗣人が翔也の背中に腕を回して支える。その腕の力強さを感じた瞬間、翔也の身体をぞくぞくっとしたものが駆け抜けた。

これは、この感覚は、と翔也はぎょっとした。

「の、飲まされた、んです……何か変なもの」

「変なもの？　どんな？」

嗣人の眉が寄った。

「グミみたいな……オ、オプションのことを……尋《き》かれて……」

ちゃんと話そうとするのに、息が上がってうまくいかない。

オプション、という言葉に嗣人ははっとした。

「興奮剤、グミのような……ソフトカプセル入りの液体、だとしたら即効性か」

ぎゅっと唇を噛む。

その間にも翔也は鼓動が速まり、嗣人の腕にもっと強く抱き締められたいという衝動を抑えようとして全身が震えた。

どうしよう、どうすればいいのだろう。

「お帰り戴《いただ》きました」

宮越が戻ってきて、立ち止まる。

「いかがなされました。お医者さまが必要ですか」

「いや……いい」

嗣人は翔也の膝裏に片腕を通し、横抱きにして立ち上がった。

「ちょっと厄介《やっかい》なものを飲まされたようだ。急いで翔也の部屋に水を用意して、あとは近付くな」

怒ったようにそう言いながら、嗣人は大股《おおまた》に応接間を出て、翔也の居間に向かう。

宮越が大きな水差しとグラスを部屋に置いて下がると、嗣人は内側から鍵《かぎ》をかけた。

その間にも翔也の身体は熱く火照り、そして明通に予告されたとおり、性器が熱を持って勃《た》ち上がりかけているのが自分でもわかる。

嗣人はグラスに水を注《つ》ぎ、翔也の口元に運んだが、唇が震えてうまく飲み込めないのを見て、自分の口に水を含んだ。

そのまま——唇を重ねる。

冷たい水が翔也の口の中に流れ込んできて、それはほんの一瞬翔也の頭を冷やしかけたが、次の瞬間には重なった唇のことしか考えられなくなっていた。

嗣人の唇。他の誰でもない嗣人の唇が今自分に触れているのだと思うと、このまま離れたくないと感じ、思わず嗣人のスーツの二の腕あたりを握り締める。

「翔也、離しなさい」

穏やかに、宥《なだ》めるように嗣人が言ったが、

「……や……っ」

翔也は、嗣人が離れてしまうことに恐怖を覚えて思わず首を振る。

「とにかく一度離しなさい、どこにも行かないから」

辛抱強く言い聞かせるようにそう言って、翔也がなんとか震える指をほどくと、嗣人が立ち上がって上着を脱いだ。

ぐいっとネクタイを緩め、もう一度翔也を抱き上げると、奥の寝室に向かいベッドの上に翔也を降ろして覆い被さってくる。

翔也は頭の中に熱いもやがかかったように感じながらも、嗣人の腕が自分の腰に回って抱き寄せ、再び唇が重なってくるのを泣きたいような思いで受け止めた。

この……唇。

嗣人の体温。

これが、欲しかったのだと思う。

しかし同時に、股間が熱く体積を増して、本能的に翔也はそこを嗣人の身体に押し付けた。

頭の片隅に、自分はなんと恥ずかしいことをしているのだろうという思いもあるが、身体の熱が暴走して、止めることなどできない。

嗣人はそんな翔也の状態をどこまで理解しているのか、翔也の股間に確認するように手を這わせた。

「あ……っ」

軽く掌で覆われただけで、腰の奥から熱いものが込み上げてくる。

「大丈夫だ、わかっているから」

嗣人の声が優しい。

嗣人の手が翔也のズボンの前を開け、下着のゴムをくぐって、直接握り込んできた。

その、掌の体温に包まれた瞬間、予期しない絶頂が襲ってきた。

「あ……っ、あ、あ――」

びくびくと身体を震わせて、翔也は射精する。

だが身体の熱は収まるどころか、出口を見つけてさらに燃えさかるようで、性器も全く萎《な》えない。

嗣人は翔也のズボンと下着を腿《もも》のあたりまで下ろし、翔也の性器を握って、たった今放ったものを塗りつけるように上下に扱《しご》きはじめる。

ぐちゅぐちゅと濡《ぬ》れた音が翔也の耳に入り脳を熱くする。

「ああ、あ、やっ……また、あ、くるっ……っ」

あっけなく二度目を放ったが、そこから先はさらに辛《つら》くなった。勃起も続いているし解放を望んでいるのに、なかなか射精できないのだ。

「つぐとさっ……あ、あっ、くる、しっ……っ」

翔也はいつの間にか固く閉じていた目を開けた。涙で曇った視界は、一度瞬《まばた》きするとクリアになり、唇を噛み締め、眉を寄せた嗣人の顔が見える。

「あ、ごめん、なさっ……」

翔也は羞恥に消え入りたくなったが、身体は言うことを聞いてくれない。

「お前のせいではないから、大丈夫だ」

嗣人が低く囁く。

その声が優しく、どうしてそんなに優しいのだろう、同情だろうか、などと混乱した頭で思う。

しかし、身体があまりにも熱くて、そんな考えもすぐに、ちりぢりになってしまう。

「あ、つっ……っ」

翔也は自分のシャツのボタンを、震える指ではずそうとし、それがうまくいかなくてボタンを引きちぎりそうになった。

「落ち着け……と言っても無理か」

嗣人が呟いて、手早く翔也のシャツの前を開けて袖《そで》から腕を抜く。

その間に、翔也は腿の辺《あた》りにわだかまっていたズボンと下着を、蹴飛ばすように脱ぎ去ってしまった。

全裸になって、ほんのわずか体温が下がったように感じるが……それも一瞬だった。

まだ足りない。絶対的に何かが足りない。

そしてそれはたぶん……目の前にある。

「つぐとさっ……っ」

翔也は嗣人に向かって両腕を伸ばした。

その頬を両手で包み、引き寄せる。

嗣人は一瞬躊躇《ためら》ったが、すぐに唇を重ねてくれた。

これが、欲しかったのだ……と翔也は頭の隅で思う。

やり方など知らない。先日は、うろ覚えの知識で舌と舌を触れ合わせただけだったが、それでも唾液《だえき》の甘さにぞくりとした。

そして今嗣人は、最初から唇を深く重ね、翔也の口腔に侵入し、翔也の舌を舐め、搦《から》め捕り、耳の根元が痛くなるほどに吸う。

どこか乱暴でさえあるそんな動きのすべてが、翔也の身体の芯にくすぶる熱と結びつき、はっきりとした快感を生んだ。

「んっ……ん、んっ……っ」

鼻から抜ける自分の甘い声を聞きながら必死になって自分からも嗣人の舌を求める。

その間に嗣人の手が露《あら》わになった翔也の胸を撫《な》で下ろし、指先が乳首に引っかかった瞬間、びりりと走った鋭い快感に翔也はのけぞった。

「んっあ……っ」

唇が離れ、吐息に声が混じって、その甘さにぎくりとし、一瞬頭の芯が冷える。

とんでもない醜態を嗣人の前にさらしているのではないだろうか。

「ご、ごめんなさっ……こんな、みっともな……っ、恥ずかしっ」

思わずそう言うと、

「大丈夫だ、みっともなくなどない、お前はかわいい……どんな顔も、声も、姿も」

押し殺した中に、思いがけない甘さを秘めた声で、嗣人が言った。

かわいい、と、嗣人が言ってくれる。

それだけでまた、翔也の頭はかっと火照る。

本当だろうか、この場でとにかく翔也を宥めるためにそう言ってくれるのだろうか、そうだとしても——嬉《うれ》しい。

「大丈夫だ、そのまま感じていろ」

そう言って、乳首を指の腹で転がし、そして押し潰《つぶ》す。

「んっ、ふ、くぅ……んっ」

乳首を弄《いじ》られているだけなのに、腰の奥がまたむずむずと熱くなってきて、どうすればいいのかわからず翔也は身を捩《よじ》る。

嗣人もそれを悟ってか、手が胸から下に移動し、下腹を撫でたあと、濡れそぼっている性器をやり過ごして、奥に手を差し入れた。

翔也自身が二度放ったものと、先端から溢れ続けているぬめりが垂れて、狭間《はざま》もぐっしょりと濡れている。

そのぬめりを纏《まと》った嗣人の指先が、窄《すぼ》まりをぐいと押した。

「あ……っ」

思いがけない場所への刺激に翔也は戸惑いつつも、そこに集まった神経が確かに快感に繋《つな》がっていることを瞬時に悟る。

知っている、男同士の性行為では、ここを使うのだ。

だが知識として知っていることと、実際に身体に起きることは、まるで違う。

嗣人は指先を押し込もうとして一瞬躊躇った。

「……ここはさすがに、馴《な》らされてはいないのか」

翔也がその言葉の意味を考える間もなく、嗣人の指先が周辺を揉《も》みほぐしはじめた。

「だが、これが一番手っ取り早い、何も考えずに、委《ゆだ》ねろ」

「ふ、あっ……あ、んっ」

翔也はたちまち、嗣人の指の動きのことしか考えられなくなった。

揉みほぐし、入り口を左右に広げては戻し、やがて指先を沈める。それだけで、腰の奥を絞るようなもどかしい痺《しび》れが生まれる。

やがて指がぬくっと奥へと入ってきた。

「あ――っ、あ」

翔也はのけぞった。

自分の内側に嗣人の指が入り込み、そして探る。外側へと押し広げるように、そしてより奥へと、奥へと……それは、単に性器を擦《こす》って放出させられるのとはまるで違う種類の快感だった。

指が、増える。より体積を増して、翔也の中に侵入し、動き回る。

「やっ……あ、あっ……っ」

何かを探すように動いていた指が、ある一点に当たった。

「ああっ」

頭にがつんと来るような刺激に、翔也は背中をいっぱいに反らした。

指の腹がそこを擦る。どうにかなりそうな刺激をどこかに逃がしたいが、その出口がわからない。

頭を左右に振って身悶《みもだ》えしている翔也の、固く勃ち上がっている性器を、嗣人のもう片方の手が握った。

前と後ろ、両方の刺激が繋がる。

嗣人は中を刺激しながら、射精を促すように、性器を根元から扱き上げる。

いきたい。いきそう。でも……うまく、放出できない。

どうしてだろう。

苦しい。

「やぁっ、やっ、な、……たすけ、てっ……っ」

目尻から耳にかけて涙が次々零《こぼ》れていくのを感じながら、もう一度嗣人を求めるように腕を伸ばした。

溺《おぼ》れる人間が何かに掴まろうとするように。

嗣人が苦しげに片頬を歪め――ぐちゅっと翔也の中から指を引き抜いた。

「あ――？」

いきなり見捨てられるように感じて身体を震わせた翔也の視界に、膝立ちになった嗣人が手早く自分のズボンの前を寛《くつろ》げているのが目に入った。

頭をもたげている嗣人のものに視線を辷《すべ》らせ、翔也は息を呑《の》む。

嗣人は硬度を確かめるように自分のそれを数度扱いてから、翔也の両脚の間に身を置いた。

身体を倒し、片腕で翔也を抱き締める。

「いいか、力を抜いていろ。とにかく、任せろ」

耳元に、抑えた――しかし熱を帯びた声音を感じ、翔也は頷く。

固い熱の塊《かたまり》が、翔也の窄まりを突いた。

「う、あ、あ……ぁあっ」

嗣人が中に入ってくる。指とは違う、温度と質量が、翔也をいっぱいに押し開き、中まで侵入してくる。

繋がっている。嗣人と、身体が繋がっている。

これほどに混乱し、これほどに経験のない性感に振り回されながらも、それだけはわかった。

嗣人が自分の中にいる。

様子を見るように二、三度抜き差しする。

腰の内側から背筋を伝って、甘く痺れるような快感が頭まで駆け抜けた。

「ああ、あっ……ぁっ、あ、あ、あ」

両腕で嗣人の肩にしがみつき、シャツの布を握り締める。

翔也が苦痛を感じていないと確認してか、嗣人は力強く腰を使い始めた。

身体を内側から揺すられ、翔也の頭の中が真っ白に染まっていく。

気持ち、いい。

一度覚えてしまったら後戻りできないという恐怖すら覚えるほど。

中の感じる場所を嗣人のもので強く擦られた瞬間、翔也は声もなく達した。

そこから先は、記憶がない。

ただただ自分の手が握っている嗣人のシャツの感触だけを妙にリアルに脳の中に焼き付け

て、いつしか翔也は意識を飛ばしていた。

水が入ったグラスを差し出され、翔也は立て続けに三杯の水を飲み干した。焼け切れていた脳の神経が水によって冷やされ、修復されていくように感じ、ようやく翔也は自分がどういう格好でいるのかに気付いた。

掛け布団はベッドの下に落とされ、翔也はぐちゃぐちゃになったシーツの上にぺたんと座り、両手で大ぶりのグラスを持っている。

傍らで水差しを持ち、ベッドの端に座ってわずかに眉を寄せて翔也の様子を見ている嗣人の衣服はもうきちんと整っているが、上着を着ていないシャツの肩の辺りにかなりの皺《しわ》が寄っている。

それを見た瞬間、翔也は恥ずかしくて消え入りたくなった。

自分の身体を隠したくてシーツをかき集めようとすると、嗣人が大ぶりのバスタオルを手渡してくれ、それでなんとか腰の周りを覆う。

「すみ……すみませんでした……」

なんとか口から押し出した声は、掠《かす》れている。

「……お前のせいじゃない」

嗣人は抑えた声で言った。

「私こそ謝らなくては。お前に警告しておくべきだったのだ、明通は親族の中で一番用心しなくてはいけない相手だったのだから……だがまさか、私のいない隙に押しかけ、ああいうたちの悪い薬まで使うような真似《まね》をするとは」

口惜しげに唇を噛む。

それから一瞬躊躇い……そして、静かに尋ねた。

「身体は……大丈夫か。その、痛んだりしていないか」

嗣人を受け入れた部分のことを言われたのだとわかったが、赤くなるための血さえ、頬まで上がってこられないのだろうかと思うほど、身体全体が怠《だる》い。

「大丈夫……です」

なんとなく熱を持ってじくじくと疼《うず》いているような気はするが、それは先ほどまでの狂おしいほどの快感とはまるで違うものだ。

薬によって引き起こされた狂態は完全に消え失《う》せている。

「今日はとにかく、水分を大量に取って休むことだ。夕食は部屋に運ばせる。身体を動かせるようなら熱いシャワーでも浴びなさい」

嗣人の穏やかな口調に滲《にじ》む気遣いが嬉しい。

翔也は頷いて、重い身体をのろのろと動かして、ベッドから降りようとした。

裸足《はだし》の足を床に降ろして体重をかけると、膝に力が入らず、よろける。

嗣人がとっさに一歩踏み出して翔也を支えようとし……差し出しかけた手の指先が、翔也の腕に触れた。

「あ」

熱い、と翔也は感じ、反射的にその手を振り払っていた。

「あ……、ご、ごめ……っ」

嗣人はただ支えようとしてくれただけなのに、どうしてこんなことを、と翔也はうろたえる。

しかし嗣人は首を振り、差し出した手をゆっくりと引っ込め、握る。

同時にその顔から、すうっと表情が消えた。

「いや、悪かった。立てるか?」

冷静な口調で尋ねる。

「は、はい……」

なんとか自力で立ち上がると、嗣人は頷いて一歩下がった。

翔也から距離を取るように。

「では、私は仕事に戻らなくてはいけないから。あとは何かあったら、宮越を呼びなさい。そして」

ちょっと言葉を切り、付け加える。

「今ここであったことは、忘れる。お前も忘れなさい」

その、感情の籠もらない声が、翔也の胸に突き刺さった。

忘れる。もちろん、そうしなくてはいけない。

「はい」

翔也が答えると、嗣人は頷き……そして、部屋を出て行った。

浴室で熱いシャワーを頭から浴びながら、翔也は、おそろしく惨《みじ》めな気持ちになっていた。

薬のせいとはいえ、我慢のできない状況になって……嗣人に抱かれて、翔也は気付いてしまったのだ。

嬉しかった、ということに。

嗣人と唇を重ね、嗣人に触れられ、そして嗣人を自分の中に受け入れたこと。

不本意な状況で、嗣人にとっては事故のようなものだったのだろう。

おそらく、一番手っ取り早く翔也の身体から薬を抜く方法が、ああして汗とか体液とかを無理矢理身体から流し出してしまうことだったのだろうと、想像はつく。

手で放出させても収まらないので、やむなく嗣人は翔也を抱いたのだ。

そして……いくら経験がないとはいえ、嗣人を受け入れた部分を洗っていると、嗣人自身は射精はしなかったのだろうと見当がつく。

それでも翔也は……嗣人に抱かれたことが嬉しかったのだ。

——好きなのだ、あの人が。

翔也は自分の気持ちに気付いて愕然《がくぜん》とした。

だが一度そう気付くと、それはもうずいぶんと前からのことだったのだとわかる。

先日、勘違いから嗣人の部屋に忍んでいって重ねた唇が、忘れられなかった。

この家に来た最初の日に、嗣人に「お前を守る」と言われた直後にも、嗣人に抱きつきたい衝動にかられた。

遡《さかのぼ》ればその前から……そう、嗣人が最初に学院に現れたときから。

面談のあと友人たちとオプションの話になり、嗣人と裸で抱き合う自分を一瞬想像してしまったのではなかったか。

あれはすでに、初対面の嗣人に対して、何かの感情を抱《いだ》いてしまったからだろうか。

わからない。

きっかけが何にしろ、いつからにしろ、とにかく自分が嗣人に抱いているのは、性的なものをちゃんと含んだ「好き」という感情なのだ。

別の言葉で言い表すならば……恋。

はじめて抱いた感情だが、それは自分でもはっきりとわかる。

だがこれは、実らない恋だ。

嗣人には「忘れられない人」がいる。

そして嗣人にとって自分は、後継者とするために学院から選んだ素材に過ぎない。

だとしたら、嗣人の言うように、今起きたことは忘れなくてはならない。

こんな気持ちを抱いたまま、それを押し隠して、この先嗣人の傍《そば》にいられるのだろうか。

だが――翔也に、他に選択肢はない。

あれほどに望んだ自分の「居場所」からは、離れたいと思っても決して離れることができない。これは一方通行の道なのだ。

忘れなくては。

それが不可能なのはわかっているが、少なくとも表面上は忘れたように振る舞わなくては。

翔也は繰り返し、自分にそう言い聞かせた。


「お誕生日おめでとうございます」

「これからもいっそうお健やかでいらっしゃいますように」

祖母の誕生日――という名目の、翔也のお披露目《ひろめ》の日、旧芳村邸に集《つど》った人々は、まずは祖母のもとを訪れて挨拶《あいさつ》をする。

アール・デコ調の美しい屋敷の玄関ホールには次々と客が訪れ、昔は客間として使われていたらしい小ホールで祖母に会い、それから庭に面した廂《ひさし》付きの広いバルコニーを経て、隣の控えの間で飲み物を受け取り、その後奥の大ホールに案内されていく流れだ。

祖母は車いすの上でしゃんと背筋を伸ばし、ラベンダー色の優雅なドレスにクリーム色のショールを羽織って、抑制のきいた、社交的な笑みを絶やさない。

そして翔也は祖母の車いすの隣に立って、客を迎えている。

光沢のあるグレーのスーツはこの日のために誂《あつら》えたもので、ピンク系のネクタイとポケットチーフが翔也のやわらかで品のある雰囲気を引き立てている。

しかし実のところ翔也は、立っているのがやっとのような気がしていた。

前の晩から、どうにも食欲がなく、足元がふらつくような感じがしていたのだ。

たぶん、発熱しているのだろう。

だが、この大事な日に「具合が悪い」ではすまされない。体調管理は自分の責任だ。

朝食はなんとかほんのわずか食べ、心配そうな宮越には「さすがに緊張しているみたいで」と言い訳をした。

部屋で着替え、鏡の前に立ち、顔が少し赤いのも、緊張のせいだと思って貰える程度だろう、と確認し……。

そして先に会場に向かった嗣人とは別に、祖母と一緒に刀根家の車で、都心にあるこの瀟洒《しょうしゃ》な屋敷に向かったのだ。

今日をなんとか乗り切らなくては。

いや、とにかく今日さえ乗り切れば。

嗣人に恥をかかせるわけにはいかない。ここで、少しでも弱みのようなものを見せて、刀根家の後継者としてふさわしくない、などと思われるわけにはいかないのだ。

そう思いながら、翔也はとにかく背筋を伸ばして立ち、顔には自然な笑みを浮かべるように心がけている。

「こちらが、綾人くんの忘れ形見ですね」

一組の年配の男女が、祖母に挨拶をしてから、翔也をまじまじと見つめた。

「翔也、こちらは物産の、前の中国支社長の細野《ほその》さんご夫妻よ」

祖母の言葉を翔也は脳内で、急いで検索する。

「それでは、父が生前最後にお世話になっていた……」

祖父のあとを継ぐために研修のような立場でグループ企業を回っていた「父」が、最後にいたのがその中国支社だった。

「短い間だったが、綾人くんとはいい仕事をさせて貰いましたよ」

男は頷く。

「きみのことは聞いていなかったので驚いたが、プライベートな話はあまりしなかったのでね」

綾人と似たところがあるかどうか確かめるようにまじまじと顔を見つめてくる男の視線を、翔也はたじろがずに受け止める。

「父の仕事ぶりなど、お話を伺えればと思います……僕はそういう父を全く知らないので」

こういう場での「刀根翔也」としての振る舞いこそ、学院で受けた教育が本領を発揮する場だ。

「貴美子《きみこ》さまもこれでほっとなさったことでしょう」

夫人のほうが祖母に話しかけ、祖母が頷く。

「ええ、おかげさまで、本当に」

夫婦はさらに何か言いたげだったが、祖母に挨拶をする人々が後ろに列を作っていたので、

「後ほどまた」と会釈《えしゃく》し、動線になっているバルコニーに出て行く。

こういう挨拶を延々と繰り返していると、さすがに翔也は頭がぼうっとして対応が機械的になりそうなのを感じ、自分をいましめて背筋を伸ばし直す。

今日この場には、刀根家と芳村家の親族だけではなく、会社の関係者や、古くから家ぐるみで付き合いのある人々など、二百人ほどが招かれているのだ。もちろんその全員が今ここで挨拶をするために並んでいるのではなく、メインの客の連れなどはのちほど大ホールで歓談の時間になってから紹介されるはずだが、それでもすでにかなりの人数をこなしている。

疲れを見せずに挨拶をしている祖母は、さすがに生まれと育ちがそうさせるのだろうとい

う義務感に支えられた品格がある。

そういう祖母を見習おうとしながらも、熱でふわふわしている翔也の心の一角は、常に別な人の気配を探していた。

もちろん、嗣人だ。

嗣人は祖母に挨拶をし終わった客の対応を隣の控えの間でしているはずだが、ここにいるとその声は聞こえない。

それでも翔也には、濃紺のスーツを着て髪をきちんと撫でつけ、控えめだが存在感のある佇《たたず》まいで客に接している嗣人の姿が目に見えるようだ。

あれから――嗣人とは、「普通」に接している。

だがその「普通」はあまりにもよそよそしい。

嗣人は翔也と二人きりになることを避けていると感じるし、手を伸ばして触れそうな範囲にも近付かない。

翔也はそのことに気付いて、嗣人は自分に触れたくないのだとわかったときはショックだった。

いや、翔也の方も、嗣人に近付くことは怖い。

だがそれは、嗣人に抱いてしまった感情のせいだ。

嗣人の気配を近くに感じただけで鼓動が速くなり、手を伸ばせば嗣人に触れられると思うと、自然に手が伸びてしまいそうな気がする。

それなのに、嗣人がもし偶然にでも自分に触れたら、身体がかっと熱くなって飛び上がってしまいそうな気もしている。

嗣人が翔也に近寄らないのは……そういう翔也の衝動を察して、不愉快に思っているからではないのだろうかと考えると、ありったけの自制を働かせなくてはと思う。

とにかくこれ以上、嗣人に嫌われたくない。

それでも……嗣人との間にできてしまった圧倒的な距離感は、刀根家に来て最初の頃の緊張感など比べものにならない寂しさを生んだ。

そのためか、翔也は海王《かいおう》の夢を見ることが増えている。

海王と転げ回って遊んだり、海王と一緒に芝生の上で眠ってしまったり、そんな夢だ。

きっと誰かとそんなふうに……計算尽くの距離感ではなく、ただただ心を開いて寛ぎたいのだと、翔也は自分の深層心理に説明を付け、そしてそれを心の中の「今は考えない」箱になんとかしてしまい込むのだが、夢の中ではどうしても開いてしまうのだ。

「翔也」

祖母に呼ばれ、翔也は危うくどこかにさ迷いそうになっていた意識を慌てて目の前の客に引き戻した。

「こちらは、声楽家の瀬戸《せと》孝弘《たかひろ》さん」

恰幅《かっぷく》のいい中年の男が立っている。

確か、祖父が後援者として出資していた声楽家で、今は世界的に活躍している人物だ。

「お会いするのを楽しみにしていました。今日もお声を聴かせていただけるとか」

翔也が言うと、声楽家が人好きのする笑みを浮かべる。

「耳栓のご準備をなさっているといいのですが」

その圧倒的な声量を自分で笑い話にしている人物だということは知っている。

反応を待つまでもなく、声楽家は「ではのちほど」とスマートに祖母の前を辞す。

「それではみなさま、そろそろ奥へご移動を」

バルコニーで客を誘導していた宮越の声に、我に返った。

今ので、出迎えの挨拶をするべき客は最後だったのだ。

「上出来でした」

祖母が満足げに、翔也に頷き、翔也はほっとした。

「ではホールへ、押してちょうだい」

「はい」

翔也は祖母の車いすの背後に回り、むしろ自分が車いすの背に寄りかかりたくなるのを堪《こら》えながら、濃いローズ色の絨毯の上を、宮越に先導されてゆっくりと進んだ。

祖母はほとんど自分の傍から翔也を離さない。

そして嗣人は、祖母に何か話すべきことがあるとき以外は、近寄ってこない。

パーティーが進んでも、距離感はそんな感じだった。

そして、このパーティーのクライマックスとして、あの瀬戸という声楽家が、同伴したピアニストの伴奏で誕生祝いの歌を高らかに歌い出すと、祖母の目が翔也から離れた。

人々の目が声楽家に集中した隙に、翔也は部屋の隅の柱に寄って、ふうっとため息をついた。

喉が渇き、先ほどから背筋がぞくぞくするような寒気もしているのだが、あと少し、あと少しの我慢だ。

目を瞑《つむ》りたくなるのを堪え、手を何度か握ったり開いたりして気を紛《まぎ》らわす。

翔也がいるのは、太い柱の傍だ。

大きなホールを囲むように白い柱が巡らされ、その外側が回廊のようになっていて、人々の視線から少し逃れることができるようになっている。

ぼうっとして何も考えられないような気がしながらも、視線は自然に嗣人を探している。

嗣人は、人々がピアノの周りに作っている輪の外側に立っていた。

翔也と同じく、一瞬誰にも話しかけられない間を持てたように見える。

しかしその横顔を見て、翔也ははっとした。

どこか……浮かない、顔に見える。

翔也以外の人間なら、よほど嗣人と親しくない限り気付かないかもしれないようなかすかなものかもしれないが、唇の端をわずかに上げて笑みを作っているその横顔には、確かに何か、物思わしげなものがある。

どうしたのだろう。

翔也自身はこのパーティーをうまく乗り切っているつもりでいたのだが、何かまずいことでもあったのだろうか。

しかし、翔也の振る舞いに問題があるのなら、なんらかの形で注意をしてくれるはずだ。個人的な距離感は別として、嗣人はそういう「必要な行動」は取るはずだ。

ではあの浮かない顔はなんなのだろう。

具合でも悪いのに無理をしているのだろうか。

だとしたら……祖母に言ってみるべきだろうか？　それとも宮越に？

しかし出過ぎた余計な真似をして嗣人を不快にさせるのも怖い。

「……ずっと、彼を見ているね」

ふいに耳元で低い声がして、翔也はぎくりとして振り返った。

気付かぬうちに、背後に一人の男が立っていた。

見知らぬ男だが……翔也は思わず、まじまじと男の顔を見つめた。

年の頃は三十前後だろうか、嗣人とそう変わらないように見えるが……印象はまるで違う。なんの変哲もない地味なスーツを着て黒縁の眼鏡《めがね》をかけ、前髪が額《ひたい》にかかって顔立ちを曖《あい》昧《まい》にしているが、鼻や口もとは整った感じもする。

しかし、一度視線を逸《そ》らしたらその顔が思い出せないような、特徴が摑めない不思議な顔立ち。

出迎えで挨拶をした客の中にはいなかったような気がするが、それもはっきり断言はできないくらいだ。

「今日は瀬戸さんのスタッフとして伺ったので、挨拶はしていなかったが、きみと近付きになれればと思ってね」

男は控えめな口調で言った。

声楽家のスタッフとしてついてきたと言うが、そういう人がどうして自分と近付きになりたいのだろう、それとも何か、刀根家に近付きたくて、瀬戸に頼んで今日の席に潜り込んだとか、そういう人物なのだろうか。

翔也の中で、かすかな警戒が働く。

「僕が何かお役に立てるようなことがあるのでしょうか」

慎重にそう尋ねると、男は真面目《まじめ》な顔で首を振った。

「そうではなく、私がきみの役に立てればと思うのだが」

どういう意味だろう？

男はちらりと会場を見回した。人々の注意はまだ歌に集まっている。

「急激に環境が変わる、ということのプレッシャーに関して、私はちょっとした専門家なのでね」

翔也は思わず男の顔をまじまじと見た。

翔也の環境が急激に変わった……それは、ここにいる誰もが知っている「事実」だ。

外国の寄宿学校にいた少年が、父の死後、巨大グループ企業の将来の後継者として日本に戻り、本宅で暮らすようになった。

その事実、そしてそれに関わるプレッシャーは、「刀根翔也」が感じて当然のものだ。

しかし翔也は、男の言葉の中に、何かそれ以上の意味があるように感じた。

明通のように、どこかで学院のことを聞き及んだのだろうか？

だが、男からはそれを「知っているぞ」という脅迫めいたものは感じられない。

もしかしたら本当にただ、「刀根翔也」の境遇に興味を抱いているのだろうか。

「警戒しているね、無理もない。そしてきみの反応は正しい」

男は頷いた。

「何かを無理強《じ》いするつもりもない、ただ知りたいだけだ。きみには、心を許し、相談できる人はいるのだろうか。そういう人が必要だ、というふうに見えるのだが」

心を許し、相談できる人。

それは翔也の本当の出自を知っているただ一人の人が……そうであるはずだった。

翔也は思わず嗣人がいる方に視線を向けたいという衝動を堪えた。

今、このホールの中で、翔也と嗣人の距離は遠い。

だが、開いてしまった心の距離は、さらにこの何倍もあるように感じている。

そして、嗣人とすれ違ってしまったこの心の痛みを相談できるような相手は誰もいない。

「……溺れる者のような目をしている」

男が冷静に呟《つぶや》き、翔也は思わず視線を落とした。

内面を顔に出さない。

学院で訓練を積んだはずだが、もともとあまり得意ではなく、習得に時間はかかった。

今、初対面の男に見抜かれてしまうほど、表情に出てしまっているのだろうか。

「きみはよくやっている、私以外の者にはわからないだろう」

男が、俯《うつむ》いた翔也の肩に手を置き、翔也は不思議と、どこかほっとするのを感じた。

男の手には過剰な意味も感情も籠もっていない。

ただ、自分は敵ではないと、それだけを伝えているように感じる。

信じていい相手のような気がする。

だが、相手の正体がわからないうちは、余計なことを喋《しゃべ》ってはいけないとは思う。

「あの」

あなたは誰なんですか？　と尋こうとしたとき。

「翔也」

ふいに嗣人の声が翔也を呼んだ。

気がつくと離れた場所にいると思っていた嗣人が、翔也と男のすぐ傍にいた。

男が翔也の肩から手を離すのと同時に、嗣人の手が翔也の肩に置かれる。

体中にびりびりっと電流が走ったような気がして、翔也は飛び上がった。

しかし次の瞬間、急な動きについていけず足元がふらつき、身体がよろけかかる。

すっと伸びてきた男の手が翔也の二の腕を摑んで支えた。

「あ、す、すみません」

慌てて翔也が傍らの柱に手をつき、自分の身体を支えると、男の手はすっと翔也から離れる。

その様子を見て、嗣人はわずかに眉を寄せ、翔也を見つめた。

「大丈夫か？　何かあったのか？」

心配そうに……と思うのは気のせいだろうか、と翔也は思う。

それともただ、自分の様子を不審に思い、訝《いぶか》しんでいるだけだろうか。

すると、謎《なぞ》の男が冷静に、嗣人に告げた。

「熱があるんじゃないでしょうか。かなり具合が悪いのを我慢しているようだ」

「そうなのか？　翔也？」

嗣人がはっとしたように翔也の顔をまじまじと見たので、翔也は慌てて首を振った。

「たいしたことはありません、大丈夫です」

「ええ、彼ならこの会の最後までやり遂げるでしょう」

男が相変わらず冷静に、しかしまるで翔也の心を代弁するかのように言葉を添えると、嗣人の眉が寄った。

「あなたは？　存じ上げない顔だが」

嗣人が低い声で尋ねると、男は軽く頭を下げた。

「瀬戸さんのスタッフとして来たのです」

「翔也に何を」

「今日の主役の一人と聞き及んでいましたので、ご挨拶を」

よどみなく答えてから、微妙な間を置いて、嗣人に尋ねる。

「あなたの許可なく話しかけてはいけないとは、存じませんでしたので」

「誰もそんな」

嗣人が声を荒げかけたとき……

ホールに大きな拍手が湧き起こった。

瀬戸の歌が終わったのだ。

「失礼、行かなくては」

男はそう言って、翔也に向かって頷き、急ぎ足でピアノの方に向かう。

嗣人は振り返って翔也を見た。

「……具合が悪かったのか？」

その声が厳しい響きを含んでいるような気がして、翔也ははっとした。

嗣人の表情は、さきほど翔也が横顔に見つけた浮かない感じとはまた違う、何か厳しいものを含んでいるように思える。

また何か、自分は間違ったことをしてしまったのだろうか。

具合が悪いことを隠しきれなかったことだろうか？

「たいしたことはありません」

なんとか頑張って、柱に寄りかかっている身体をしゃんと起こす。

「だが、あの男は見抜いた」

嗣人が苛立《いらだ》ったように小さく呟く。

翔也は、何か言い訳しなくてはいけないような気がして、しかしいつもほど頭がきちんと回転していないように感じながら、浮かんだ言葉をそのまま口に出していた。

「あの方が……親切に声をかけてくださったので……気が緩んだところを見せてしまったの

かもしれません」

　すると嗣人の瞳が険しくなった。

「親切にされれば、誰にでも警戒もせずあんな無防備な顔を見せるのか!?　明通のことを忘れたのか！」

　小声だが、叱責《しっせき》するようなその口調は厳しい。

　翔也ははっとした。

　そうだ、もっと警戒するべきだったのだ。翔也の弱みを握ろうと近付いてきた人間かもしれなかったのに。

　熱が、警戒心をにぶらせたのだろうか。

「す……すみません……！」

　謝ってから慌てて、この会話が周囲に聞かれていては、と辺りを見回したが、ホールの中の人はほとんど、リクエストされてはじまった次の歌に集中していた。

　そして今まさにクライマックスに向けて声楽家がその豊かな声を張り上げている。

　大丈夫、会話は聞かれなかっただろう。

　そして翔也自身は柱の陰にいて、どこからも表情は見えなかったはずだ。

　嗣人も同じように、瞬時に周囲をチェックしたらしく、

「こちらこそ、悪かった」

そう、声を低める。

そのとき歌が終わり、ホールは大きな拍手に包まれた。

宮越がホールの壁伝いに静かに二人に近付いてくる。

「大奥さまが翔也さまをお呼びです。嗣人さまには、そろそろご挨拶のご準備を」

「わかった」

嗣人がふうっと息を吐く。

「では、おばあさまのところに行きなさい。あと少しだから」

そう言って……一瞬、熱を確かめようとするかのように、嗣人の手が翔也の額に近付く。

その手が自分に触れる……そう思って、翔也が思わず期待に身体を震わせたとき。

嗣人がはっとしたように手を止め、そしてそのまま引っ込めた。

「帰ったら、休みなさい」

素《そ》っ気《け》なくそう言って、その場を離れていく。

嗣人は、口もとに社交用の笑みを浮かべ、落ち着いた足取りでホールの中央に歩み去る嗣人の背中を見送りながら、翔也もなんとか、顔に笑みを貼り付ける。

しかし内心は泣きたいような気持ちになっていた。

——嗣人はやっぱり、自分に触れたくないのだ。二度と、触れてはくれないのだ。

そんなことを望む方が間違っているのだと思いながらも、改めてその事実を突きつけられたようで、ぎりぎりと胸が痛む。

そして今もまた、あの謎の男に弱みを見せかけたことで、自分は嗣人を失望させてしまった。

翔也にはとにかく、嗣人の期待に応えられない自分が、辛くてたまらなかった。


翔也のスマートフォンに、仕事に行っているはずの嗣人からメールが来た。

家庭教師には断りを入れてある、迎えの車を寄越すので、一人で指定の場所まで来るように、という内容だ。

宮越にも同じ内容の連絡が来ていたので、嗣人本人からであることに疑いはない。

なんだろう、どこに行くのだろう、と翔也は不安を覚えた。

祖母の誕生パーティーは成功裡《り》に終わり、少なくとも誰かに疑いを抱かれるようなことはなく、翔也のお披露目も無事に済んだ、ということになっている。

あの夜、帰宅して部屋に戻ってからベッドに倒れ込み、翌日はようやく「疲れが出た」という言い訳で休むことができた。

宮越の気遣いか、部屋に消化のいい食事も運ばれて、熱は二日で下がったが、落ち込んだ心の方は快復のしようがない。

そしてそのあとはまた、同じ日々の繰り返しだ。

嗣人との距離はさらに開いてしまったような気がするが、そのことはもう考えず、与えられた役割をとにかくきちんとこなすことだけが自分にできることだと言い聞かせながら。

そんな中での呼び出しは、何かひとつの変化を予感させる。

時間通りに嗣人が寄越したタクシーが迎えに来て、翔也は都心に向かった。

刀根家には車が数台、そして専属の運転手もいるのだが、わざわざタクシーを寄越したということは、目立たないようにという嗣人の意思を感じる。

やがて到着したのは、レンタルオフィスのビルだった。

名前を告げると、部屋番号を書いたカードキーを渡される。

指定された部屋に行き、ドアのスリットにカードキーを差し込むと、音もなく扉が開いた。

中は、球状に近い、不思議なかたちの部屋だった。

壁と天井は境目のない曲線で、壁面も床も白く塗られ、窓はなく、透明のテーブルと椅子《いす》が置かれている。

そしてその椅子の一脚に、嗣人が座っていた。

長い脚を無造作に組んでいる様子は、どんな場所でも変わらない、男らしく悠然とした態度だ。

「来たか」

嗣人が頷く。

「あの……ここは……」

翔也が口ごもりながら尋ねると、

「ここは、盗聴や盗撮などの危険を排除していることが売りの、レンタルオフィスだ」

嗣人が答える。

なるほど、そういうことか、と翔也は改めて部屋を見回した。

あまりにもシンプルで素っ気ない……と思えるが、確かにそういう機材を隠す場所もないし、壁や天井に「角」がないのも、何かそういう理由なのだろう。

こんな場所に呼び出したということは、何か、絶対に他人に聴かれてはいけない話があるということだろうか。

翔也の心臓がどきどきと走り始める。

嗣人と二人きりになるのは、「あの日」以来のことだ。

しかし、緊張して嗣人の前に座った翔也に、嗣人は冷静に言った。

「私たちは二人とも呼び出されたのだ。学院の関係者から」

「え」

学院の関係者⁉

どういうことだろう。あそこを出てから、学院の関係者から接触があるなどと聞いたことはない。

「どういう……ことなんでしょうか」

「私にもわからない」

嗣人は短く答えてから、声音をやわらげて言い足した。

「何か緊急な、不測の事態が起きた、ということではないと思う。こちらの都合のいい日時を指定してくれと言ってきたくらいだから。心配するな」

翔也の不安を読み取って、落ち着かせるように説明をしてくれる。

こういうところは、嗣人の優しさなのだ。

そう、嗣人は決して翔也に対し、冷たくなったとか素っ気なくなったとかいうわけではなく、こういう、必要な配慮はちゃんとしてくれる。

表面上は何も変わらない……あの出来事の、あとでも。

そう思ってしまってから、翔也はしまったと思った。

自分の記憶に蓋《ふた》をして、思い出すまいとしていたのに、よりによってこの閉鎖的な空間で、嗣人と二人きりになったときに、思い出してしまった。

透明のテーブル越しの視線の先には、軽く腿に置かれた嗣人の手がある。

指の長い、器用そうな大きな手だ。

パーティーの日、熱を測ろうとするかのように近付いたその手に、自分は何を期待して身を震わせたのだろう。

優しく、温かな、大きな手。

あの手が自分に触れた、その感触を思い出すと、嗣人の唇の感触、そして自分の身体を穿《うが》った熱いものの感触が次々と数珠《じゅず》つなぎに身体のそこここに蘇《よみがえ》る。

薬を飲まされて我を忘れていたのに、そういう記憶は薬が抜けてもまるで薄れずに、翔也の身体にも心にも刻みつけられてしまっている。

だめだ……！

顔を赤らめまいと全身に力を込めた翔也の顔を、嗣人が覗き込んだ。

「翔也？　まだ具合が悪いのか？　宮越からは、熱は下がったようだと報告を受けていたが」

心配してくれているのだ。

まさか翔也がこんなことを思い返しているとは考えもしないで。

「翔也、大丈夫か」

嗣人が怪訝《けげん》そうに眉を寄せ、躊躇いながら、翔也の方にそっと手を伸ばそうとした。

しかし、嗣人の手が自分の手に触れる、と想像した瞬間……翔也はまた反射的にびくりと身を竦《すく》ませて、膝の上にあった手を引っ込めてしまった。

はっとしたように嗣人が手を止める。

「……悪かった」

もう触らない、というように、翔也から少し離れて椅子に深く座り直す。

ただ、心配してくれただけなのに。

翔也は、こうして嗣人と差し向かいでいることが苦しくてたまらない。

——好きだからだ。

この人が、好きでたまらないからだ。

この人の呼吸を、体温を、視線を、声音を、全身で浴びていたいほどにこの人が好きだから……だがそれは、この人に知られたくない。

せめて、明通の企《たくら》みの結果としての、あんな事件さえなければ。

嗣人の熱さを自分の身体で知ってしまうようなことさえなければ、ここまで辛くはなかっただろうに。

「……遅いな」

嗣人が翔也から視線を逸らし、腕時計に目を落とす。

そうだ、自分たちは今、学院の関係者を待っているのだと翔也は思い出した。

早く来てほしい、いつまでも二人きりでいるのは辛い、と思ったとき、軽いブザー音が鳴って、扉が開いた。

そちらに視線を向けた翔也は、はっとして思わず息を呑んだ。

「……きみは」

嗣人も驚いたように声をあげる。

そこにいたのは、あの、パーティーで声をかけてきた謎の男だったのだ。

あのときと同じように、地味なスーツを着て、黒縁の眼鏡と前髪で顔の印象が曖昧な雰囲気だが、その雰囲気そのもので、あの男本人だと確信できる。

「お待たせしました」

男は静かに言って、立ち上がりかけた翔也を制し、嗣人と翔也に向かい合って座る。

「改めまして、学院のサポートパートナーの、藤倉《ふじくら》と申します」

「サポートパートナー？」

嗣人が尋ね、翔也を見、翔也は首を横に振った。

聞いたことがない。

「ご存知ないのは当然です、あらかじめご説明はしないことになっていますから」

男……藤倉はそう言って、翔也を見る。

「きみたちを、ただ新しい環境に放り出してそのままだと思っていただろうが、そんなことはない。学院には、送り出した生徒全員を、ちゃんとフォローする役目がある」

「フォロー？」

驚いて翔也は尋ねた。

なんというか、アフターサービスのようなものだろうか。

学院を出たら、とにかく一人で新しい環境に立ち向かうのだと思っていた。偶然に学院の出身者と知り合うことはあるかもしれないが、とにかくあそこを出たら、学院とは永久に縁が切れるのだと思っていたのだが、違ったのか。

ほっとするのと同時に、どうして今、藤倉が現れたのかが不安にもなる。

「確かに、そういうことがないのは不安だし不自然だと思っていた」

嗣人が落ち着いて答えた。

「ということは、先日のパーティーで、何か問題があると見たわけだろうか」

「何もありませんか？」

藤倉が問い返し……嗣人は「何もない」と即答はしなかった。

翔也は思わず唇を噛む。

つまり自分だけではなく嗣人も……今の状態が理想的ではないと思っている、ということだ。翔也に何か、不満があるのだ。

嗣人は少し考えてから、口を開いた。

「翔也はよくやっている。申し分のない教育を受けているし、本人の資質も、努力も、素晴らしいものだ」

「しかし？」

それでも何かあるのだろう、と藤倉は思っているようだ。

翔也もそう思い、嗣人の口から出る自分の「よくない部分」を待ち受け、掌にじわりと汗が滲むのを感じる。

しかし嗣人は小さく息を吐き、言った。

「……受け入れる側に、それだけの器があるかどうか、という問題はあるのだろう」

翔也は驚いて、思わず声を上げた。

「違います……！」

問題は、ある。

だがそれは、翔也が何かを間違ってしまった結果だ。

嗣人と二人になることが気まずくなってしまった、そしてそれが辛い、それは翔也自身が生み出してしまったことだ。

受け入れる側……刀根家や、嗣人の問題では絶対に、ない。

「僕が……僕が、悪いんです」

「きみの何が悪いと？」

藤倉が冷静に尋ね、翔也は何か言おうとして、適切な言葉が探せないことに気付いた。

何が悪いのか、悪かったのか、自分でもよくわからない。

だが問題は自分の方にあるに決まっている。

藤倉は少し待っていたが、翔也からそれ以上の言葉が出てこないことを確かめ、嗣人を見た。

「彼の考えは、あなたのお考えとは違うようですが？」

嗣人は少し蒼《あお》ざめて、しかしきっぱりと首を振った。

「翔也は悪くない」

嗣人があくまでそう言ってくれるのは嗣人の優しさと責任感からだ、と翔也は切なくなる。

問題は嗣人の側にあると、責任を引き受けようとしているのだ。

でも事実は違う。

「さて、この会話は行き止まりのようだ」

藤倉は、呟き、再び翔也に向き直る。

「では質問を変えよう。きみは今、幸せだろうか？」

今度こそ翔也は絶句した。

幸せかどうか。

誰にも望まれないと思っていた自分を、嗣人が選んでくれた。刀根家は素晴らしい家柄で、そこで必要とされることは誇らしいことだ。

学院にいたころの自分なら、それだけで「幸せ」と感じたはずだ。

それなのに、今、日々が辛い。

それは……それは……

「僕は、僕が……」

その瞬間、翔也にはわかった。

いや、もうずっと前から、心の奥底ではわかってはいた。

嗣人を好きになってしまったからだ。間違いのもとはそれなのだ。

オプションの勘違いも、明通に興奮剤を盛られた結果、嗣人との間に起きたことも、小さな齟齬《そご》として「なかったこと」にして、乗り越えられればそれでよかった。

それができないのは……嗣人を好きになってしまったからだ……！

だが今、嗣人の前で、そんなことは口にできない。

言葉の代わりに、ぽろっと熱いものが頬を伝うのがわかった。

涙だ。

慌てて目元を拭《ぬぐ》って止めようとしたが、涙は続けざまに目から溢れ出した。

泣いたりしてはいけない、この場でこんなふうに泣くなんて、嗣人にどう思われるだろう。

そう思っても涙は止まらない。

「――っ」

翔也は唇を噛み締め、俯いた。

三人の間に、沈黙が落ちる。

やがて、藤倉が穏やかに言った。

「ひとつ、ご提案があるのですが」

「……なんでしょう」

抑えた、低い声で嗣人が尋ねる。

「いったん、距離を置いてはどうかと思うのです。スイスの、彼がいた学校の恩師が病気で、その見舞いに行くという口実で、彼を一度刀根家から出すのです。安全な場所で彼を預かります」

「距離を……置く」

藤倉の提案に、嗣人が呟く。

「距離を置いて、どうなると？」

「問題を整理し、解決できそうであればその努力をしましょう。しかしそうでなければ……重大なマッチングの問題で、解決が不可能であるとわかれば、この契約は破棄できます」

翔也はぎょっとして顔を上げた。

契約の破棄……そんなことがあり得るのか。

なんらかの方法で、翔也という存在が刀根家から消される、ということだろうか。

今さらそんなことが可能なのか……いや、可能だからこその提案なのだろう。

学院を出るときには、これまでに「失敗例」はないと聞いていた。

だがそれは、生徒に余計な不安を抱かせないためであり、実際にはおそらく契約を解除した例も存在するのだ。

その可能性を検討するために、距離を置く。

いやだ、と翔也は思った。

藤倉の言うように距離を置いたら、それきりになってしまうような気がする。

二度と、嗣人に会えなくなってしまう。

しかし、嗣人が「問題」の存在を認めている以上、今のまま自分が「刀根翔也」として嗣人の傍にいることはできないのだろうか。

藤倉はじっと嗣人を見つめている。

この場の決定権は、嗣人にあるのだ……翔也には、ない。

嗣人は蒼ざめて唇を噛んでいたが、やがて、翔也の方は見ずに、藤倉に向かって言った。

「わかった、その提案を受け……距離を置いて、考えてみよう」

翔也は、全身からさあっと血の気《け》が引くのを感じた。

嗣人は受け入れた。

契約の解消という選択肢を考えてみることを、受け入れたのだ。

「わかりました。それでは」

藤倉が立ち上がる。

「早急に手配をしますが、距離を取るならたった今からの方がいいでしょう」

嗣人は頷いて、立ち上がる。

「わかった。私は今日、仕事用に確保してあるホテルがあるので、そこに泊まる。翔也は」

嗣人は、翔也を見る。

その瞳に苦悩が浮かんでいるのが、翔也にはわかった。

当然だ。嗣人は今からもう一度、後継者のことを考え直さなくてはいけないのだから。

自分が失敗したので、嗣人に背負わせてしまった苦悩だ。

「……タクシーで屋敷に帰りなさい」

それだけ言って、翔也の返事は待たずそのまま部屋を出て行く後ろ姿を、翔也は言葉もなく見送るしかなかった。


「問題は、生じるのが当然なんだ」

藤倉は淡々と言った。

スイスの恩師の見舞いに行く、という口実で屋敷を出て、学院が用意した場所に落ち着いてから三日。

あえてその間突っ込んだ話はせず、翔也の気持ちが落ち着くのを待っていたらしい藤倉と、今こうしてはじめて向かい合っている。

「世間から隔離されて育った少年を、全く新しい環境の中に送り出す。それに対する心構えをどれだけ想定して教えても、予期しない出来事は起きる。送り出されるのが幼ければ幼いなりに、年齢がいけばいったなりに」

年齢がいけばいったなりに。

自分が犯してしまった「嗣人を好きになる」という過ちは、たとえば四年前、最初に嗣人が学院に現れたときに引き取られていれば、起きなかったことなのだろうか。

翔也にはわからない。

だがとにかく、今自分に起きていることを整理するためにも、藤倉の話を聞きたい。

その意味では、藤倉はまさに適切なタイミングで会話の機会を設けたのだし、それはきっと、学院のフォロー役が積み上げてきたノウハウによるものなのだろう。

だとすると、こうして「いったん距離を置く」という措置を執られるのは、自分がはじめてではないのだと思い、わずかだが気が楽になる。

「きみは、学院のやっていることは冷酷だと思うだろうか？」

藤倉は尋ねる。

ここ、東京から少し離れた海岸沿いのリゾートマンションで、海の見える広い窓辺のソファに座っていてさえ、きっちりと紺色のスーツを着、黒縁の眼鏡をかけた、生活感のない気配は変わらない。

「冷酷……ですか？」

翔也は首を傾《かし》げた。

「そうだ。きみたちはある意味、大勢の人を騙すことを目的として育てられた。普通の子ども時代を奪われて育った。そういうことを、恨みに思っているだろうか？」

翔也は、思いがけない質問に、考え込んだ。

自分は、そういうものなのだ、と思って生きてきた。

学院がどこからどうやって、優秀な少年たちを集めてくるのかはわからない。

それは、送り出される少年たちに完璧な経歴データを与えられることと同じように、政財界や政府のバックアップがあってのことだろうと想像はつく。

だが、どう考えても、どこかから誘拐されてきたわけではないだろう。恒常的にあれだけの数の少年が行方《ゆくえ》不明になって、問題にならないわけがない。

「僕には、本当の両親は、いるのでしょうか」

「それは、意味合いによるね」

藤倉は、そう意外な質問ではない、というように答える。

「生物学的な父親と母親は当然いるし、SFに出てくるような人工子宮が存在するわけでもないから、当然、産んだ女性もいる。だが、きみの存在を知っていて、きみを失ったことで傷ついている人々は、存在しない。これで答えになるだろうか」

漠然としているが、おそらく自分たちは、なんらかのビジネスや契約の結果存在しているのだろう、というのは想像の範囲だったので、藤倉の答えは意外ではない。

だとすると、翔也たちは最初から、「必要とされる場所」に行くことを目的に生み出されたのだと、それだけわかればじゅうぶんだ。

そして、翔也も他の少年たちも「必要とされる」ことを心から望み、だからこそ嗣人が自分を選んでくれたとき、あれほどに嬉しく、幸福だったのだ。

その他の人々、刀根家の関係者を「騙す」ことに関しては、必要だからそういうシステムができたのであり、学院で教わった通り、罪悪感は感じるべきではないと思う。

だとしたら、藤倉の最初の質問に対する答えは明確だ。

「恨んでなど、いません」

「では、学院の存在に否定的ではない？」

翔也には、国家レベルの必要性などはよくわからない。

ただ、自分がそういう存在で、学院にいたからこそ、嗣人と出会えたのだ、という気はする。そのこと自体は、本当に嬉しい出会いだった。

「僕は、あそこにいたことは、よかったと思っています」

必要な教育と躾《しつけ》を受けられ、豊かな自然環境の中で、同じ境遇の友人たちと、動物たちと、尊敬すべき先生たちに囲まれて育った。

普通の、両親がいる家庭に生まれ育ったとしても、すべてにおいて恵まれた環境とは限らないはずだ。

だから、自分は恵まれている。

嗣人に選ばれたところまで、本当に恵まれていた。

ただ、自分がその後、間違いを犯してしまったというだけのことだ。

それを悔やんでも悔やみきれないが、ではだからといって、どうしたら嗣人を好きにならずにいられたのだろうか。

この三日、「まずはゆっくり休んで考えなさい」と藤倉に言われて考えていたのはそのことだったが、やはりどうしてもわからない。

「うん……ではね、そろそろ本題に入ろうか」

藤倉が、わずかに身じろぎして座り直した。

「きみがあの家で抱えていた問題とは、なんなんだ？」

それは、もっと早くされてもおかしくはなかった質問だが、藤倉は翔也がある程度落ち着くまで待っていたのだろう。

そして藤倉には、すべてを打ち明けてしまって構わないし打ち明けるべきだ、と思わせるものがある。

親しみを感じるわけではないが……むしろ、人と人としての親しみを感じさせない、そつがなく、行き届いてはいるが事務的な雰囲気がそう思わせるのだろう。

嗣人とは違う。

嗣人には、翔也が考えていることを悟ってくれる雰囲気があった。

だが藤倉には、明確に言葉にしなくては伝わらないだろうという気がする。

「僕は……嗣人さんに、特別な感情を抱いてしまったんです」

その言葉に、藤倉は驚きは見せなかった。

「それは、恋愛感情ということだね？」

「はい」

言葉にしてしまったこと、そして藤倉が冷静に受け止めてくれたことで、翔也はほんのわずか、気が楽になった気がする。

「それを彼に言った？」

「いいえ！」

驚いて翔也は首を振った。

まさか、言うわけにはいかない。嗣人を困惑させてしまうだけだ。

嗣人には……「忘れられない人」がいるのだから。

「だが、単にそれがきみの心の中だけのことなら、表面に出てくるような問題にはなっていないはずだ。抑えておけないような何かがあったんだね？」

翔也は、躊躇いながら頷いた。

藤倉は、翔也の説明を黙って待っている。

説明しなくてはならない。

翔也はなんとか言葉を探した。

「さ……最初は、僕が……嗣人さんがオプションを望んでいると勘違いして……夜、寝室に……でもその時は、キスしただけで」

拳《こぶし》をぎゅっと握って、一気に続ける。

「そのあと、親戚の人に薬を盛られておかしくなって、その薬を抜くために嗣人さんが、だ……抱いて、くれました。それで……それでたぶん、僕が嗣人さんと普通に接することができなくなって」

抱かれた、という事実を言葉にすることは、おそろしく恥ずかしい。

しかし藤倉はぴくりとも表情を動かさず、一瞬視線を翔也からはずして、頭の中の引き出しを探っているように見えた。

それから、躊躇いなく尋ねる。

「それは、増山明通という人間に関係がある?」

翔也は驚いて藤倉を見た。

「は……はい。でもどうして」

「その名前の人物のことで、学院の関係者に警告があった」

冷静に藤倉は続ける。

「学院のことは厳重な契約のもとに口外無用となってはいるが、どうしてもある程度の不審は抱かれる。それに対する対策も取られてはいるが……不測の、個人の不注意のような事態は起きる。ある人間が、彼にかまをかけられたことに気付かず、口を滑らせたのだ。そこから彼は、学院についてかなり執拗《しつよう》に調べた形跡がある」

そういえば、翔也自身もオプションのことについて、明通の罠に引っかかったのだ。

「これがたとえば、学院の存在について告発する、というようなやり方なら我々には対抗手段がある。彼が発信する情報を止めるのではなく、似たような偽情報を大量に流してその中に埋もれさせてしまう、というようなね。しかし」

藤倉は眼鏡の奥から翔也を見つめた。

「彼は直接きみを脅迫する方を選んだ。どうやらきみに起きたことを考えると、彼の得た情報は、オプションに偏った、かなり歪んだものだったのだろう。おそらく彼は、きみが嗣人氏を性的に誘惑して虜《とりこ》にするのが役割だと思い込んだのだ」

翔也は思わず俯いた。

それは、翔也自身がオプションについて勘違いしていたことに近い。

翔也は、嗣人が「忘れらない人」に似ている自分を、そういう対象として選んだのかと思ったのだ。

それは、間違っていた。

しかし、明通の行動にはよくわからないところがある。

「あの人はどうして、僕にあんなことを」

「おそらく、きみの身体を薬で自由にすることによって、嗣人氏をスパイさせ、何か嗣人氏の弱みを握ろうとでもしたのだろう。何しろ彼は、嗣人氏よりも自分の方が、刀根家を支配するのにふさわしいと思っているからね」

「そんな……どうして……?」

刀根家の次男である嗣人よりも祖母の出身である芳村家の縁戚でしかない自分の方がふさわしいなどと、なぜ思えるのだろう?

すると藤倉はかすかに首を傾げた。

「嗣人氏の生まれについて、嗣人氏からは聞いていないのか?」

「はい」

なんだろう、嗣人の生まれについてとは……何か複雑な事情でもあるのだろうか?

しかし……

「だったら私の口から、これ以上のことは言えない」

藤倉はきっぱりと言った。

「とにかく、増山明通については、嗣人氏が逆に弱みを握っているようだし、この先どう対処するかは刀根家の問題であって、学院は関知しない。それよりも、きみに起きている問題がきみの心に起因するのだとしたら、それをどうするか考えなくてはいけない」

翔也は考え込んだ。

どうするか。

嗣人を好きだから嗣人の前で冷静でいられない。

だったら……心を殺せば、すむ。

嗣人が望む後継者として、嗣人から必要なことを教わり、嗣人の手助けができるように。

たとえ二人きりになっても、冷静でいられればいい。

なんとかそうしなくてはいけない。

だが……たとえ翔也にそれができたとしても、嗣人の方はどうだろうか。

嗣人が翔也に対して距離を置くようになったのは、翔也の心の中で起きている問題とは別な理由なのではないだろうか。

嗣人自身が、翔也に対して不快感を覚え、翔也に触れることすらいやだと思っているのだとしたら。

「……僕は、嗣人さんの望むように……」

ようやく翔也はそれだけ言った。

嗣人が今後も翔也を必要としてくれるなら、自分の心を殺してみせる。

だが嗣人が、契約の解消を望むのなら……

「わかった。では、きみの希望は、嗣人氏の希望に沿う、ということでいいんだね？」

藤倉の言葉に、翔也は頷いた。

自分の運命は、そもそも嗣人が決めた。

だったらこの先も、同じことだ。

ただそれが、もう二度と嗣人に会えないということを意味するかもしれないと思うと、胸がえぐられるように痛い。

「では、今日はここまでにしておこう」

藤倉は壁の時計を見て、そう告げる。

その冷静さがむしろ今の翔也にとってはありがたかった。


数日後、翔也は海岸に散歩に出た。

リゾートマンションの一室に閉じ込められているわけではなく、むしろ気分転換はするようにと藤倉に言われている。

育った学院とも、刀根家とも全く違う環境は、確かに翔也の心を落ち着かせてはくれる。

ここは、外界と隔絶され、時間がゆったりと流れているようだ。

マンションは週末に利用している人が多いのか、平日はエントランスにもほとんど人気《ひとけ》がなく、商店街も遠い。マンションの裏口から出られる海岸も、海水浴には適さない岩場であるためか、ほとんど貸し切りのような静けさだ。

しかしその日は思ったよりも風が強く冷たかったので、三十分ほどあてどなく歩いたあと、翔也は部屋に戻ろうと思った。

道路側のエントランスではない、海岸に通じている裏側の出入り口は、マンションの駐車場に隣接している。

何気なくその駐車場に目をやって、反対側の隅に翔也は見覚えのある車が駐まっているのに気付き、はっとした。

白い車……嗣人の車だ。

刀根家の運転手を使わず、自分で運転するときに使う車。学院に翔也を迎えに来てくれたときも、二人で買い物に行ったのも、この車だった。

嗣人が、ここにやってきたのだろうか。

翔也は、心臓がばくばくと音を立て始めたように感じた。

いや、だが同じ車種、同じ色の車は他にもあるだろう。

ナンバーを確かめたい、と翔也が駐車場を囲む塀を回り込み、車に近い場所の柱の近くまで辿《たど》り着いたとき。

「とにかく今日は、お帰りください」

藤倉の声がして、翔也ははっと柱の陰に身を隠した。

「しかし、このまま永久に、というのは」

わずかに苛立ったような声は……嗣人だ、嗣人の声だ……！

何をしに、ここまで来たのだろう？

自分に会いに？

しかし、続けて嗣人が言った言葉に、翔也は凍りついた。

「契約解除のあと、翔也はどうなるのか、それだけでも聞かせてほしい」

契約解除。

やはり嗣人は……それを選択したのか。

「こんな場所でお話しできるようなことではありません」

「だったら部屋に入れてほしい」

「それではできかねます」

焦《じ》れるような嗣人の声に対し、藤倉はあくまでも冷静だ。

「彼に対するフォローはちゃんとします」

そのときには、藤倉に押されるようにして二人は車に近付いていたので、太いコンクリートの柱越しとはいえ、距離はかなり近くなった。

すぐそこに、嗣人がいる。

そして、ひそめた藤倉の声も、はっきりと聞き取れる。

「彼は、海外で急に亡くなったことになります」

「そういう後処理を聞いているんじゃない、彼自身が今後どう生きていくのか、だ」

嗣人は、翔也のことを心配してくれている……！

刀根家の後継者として引き取ったことは失敗で、契約解除を望むにもかかわらず、翔也が今後どうなるかを心配してくれている……！

それが嗣人の強い義務感からくるものだとは思っても、翔也は、胸の辺りに何か熱いものがせり上がってくるのを感じた。

それが、嗣人という人だ。

翔也が好きになった、嗣人という人なのだ……！

「ご心配なく。適性によっては海外で仕事を見つけることもできますし、そうでなくとも学院に戻って、職員となる道もあります。実際、そういうルートで教師や職員となっている出身者も、何人もいます」

早口で藤倉が説明する。

やはり「失敗例」は存在する。

そして自分は間もなく、その中の一人になる。

翔也の視界が、涙で白く曇った。

藤倉は言葉を続ける。

「とにかく、あなたがご心配なさることではありません。あなたがなさるべきなのは、ただちに、彼と会う前に、ここから立ち去ってくださることです。それが、彼のためでもあります。明日、別な場所でお会いしましょう、のちほどご連絡しますから」

「翔也のため……そうだな、わかった」

嗣人がそう言って、深くため息をつくのが聞こえた。

車のドアが開き、そして閉まる音。

嗣人が……行ってしまう。

翔也の足が震えだした。

このままもう二度と、嗣人には会えなくなってしまう……！

車が静かに駐車場から辷り出るのと同時に、

「嗣人さ……！」

翔也は柱の陰から飛び出し、車のあとを追いかけようとしたが、強い力で引き止められた。

藤倉だ。

どちらかといえば細身の身体に似合わない力で翔也を羽交い締めにする。

「離して、離し……っ」

もがいているうちに、車は敷地から出て行ってしまい、ようやく藤倉は翔也から手を離した。

「落ち着きなさい。今飛び出して、嗣人氏と顔を合わせて、どうするつもりだった？」

そう言われて、翔也は呆然《ぼうぜん》とした。

どうするつもりだったのか。何を言うつもりだったのか。

そんなことは何も考えなかった。

ただ……ただ、これでもう二度と会えないのだと思うと、たまらなかったのだ。

唇がわなわなと震えだした。

「け……契約は……か、解除、なんですね」

そして自分は「刀根翔也」ではなくただの「翔也」に戻り、別な人生が用意される。

しかし藤倉は首を振った。

「まだ決定したわけではない、日を改めて嗣人氏と話す予定だ。その結果で、今後のことをきちんと決めよう」

日を改めて、と曖昧に言っているが、さきほど嗣人と、明日別な場所で会おうと言っているのが翔也にはちゃんと聞こえていた。

明日そこで、自分の運命は決まってしまう。

いや、おそらくもう嗣人の腹は決まっていて、明日は最終的な確認とか、正式な解約の手続きとか、そういう形式的なことだけなのかもしれない。

――終わったのだ。

「さあ、とにかく部屋に入りなさい」

藤倉に促され、翔也はマンションに入り、自分に与えられた部屋に閉じこもった。

しかし一人になって考えているうちに、翔也は次第に心が定まってくるのを感じた。

会いたい。

もう一度、嗣人に会いたい。

そして、言わなくては。

嗣人に会えて幸せだったと……嗣人が選んでくれた瞬間が、翔也にとってこれまでの人生で、一番幸せな瞬間だったと。

そして、期待に応えられなくて、嗣人の役に立てなくて申し訳なかったと。

このままただ、藤倉にすべての後始末を任せて嗣人の前から消えてなくなるのでは、あまりにも無責任だ。

学院のシステムによって育てられ、送り出されたとはいえ、自分は自分の行動に責任を持つべき、ちゃんとした一人の人間なのだから。

そして、顔を見て謝って、礼を言って、それから嗣人が望むように、嗣人の前から永遠に姿を消すべきなのだ。

そのためには……チャンスは一度しかない。

それが明日だと、翔也にはわかっていた。


「出かけてくる、一人で大丈夫だね？」

翌日、藤倉は翔也に尋ねた。

翔也は落ち着いて頷いた。

「きのうは取り乱して済みませんでした。すべてお任せして、僕は決定を待ちます」

藤倉は頷いた。

「私たちはきみを信頼している。きみも私たちを信頼してくれていると信じている」

そんな言葉を残して、出かけていく。

翔也は、藤倉の気配が消えるとすぐに、自分もマンションを飛び出した。

少し離れた国道まで走り、そこで、タクシーを捕まえる。

タクシー代は、スマホの中に嗣人がチャージしてくれていたので、それで払った。

まだ一円も使っていなかったのだ。

それが嗣人のくれた「小遣い」で、刀根家の金であることはわかっているが、今は他に方法がない。

学院に立て替えて貰って、いずれ自分で収入を得るようになったらちゃんと返すことにしよう。

翔也は今、すべてを自分で考えて、自分の判断で行動しているのだとわかっていた。

これまでの翔也は、すべて受け身だった。

誰かに選ばれ、置かれた場所で求められた行動を取って役に立つ。

そんなふうに育てられてきたし、そうあるべきなのが自分だと思って生きてきた。

だがそれはある意味、行動の責任もすべて他者に委ねることだ。

今自分ははじめて、自分で考えて行動している。

ただ、嗣人に会いたい、嗣人に会って謝り、礼を言いたい、それだけの思いで。

最寄りの駅まで行って、電車に乗る。

翔也が目指したのは、刀根家の本邸ではなかった。

もしかしたら「海外で死亡」という処理をされるかもしれない翔也が、今屋敷に現れたら、嗣人にも学院にも迷惑がかかってしまう。

それに藤倉は嗣人を、本邸に訪ねるような真似はしないはずだ。

だとすると、心当たりは一カ所だけ……藤倉と三人で会った、レンタルオフィスだ。

しかし、そのレンタルオフィスに辿り着き、受付に向かおうとして、翔也ははたと考え込んだ。

部屋がわからない。時間もわからない。

どうしよう。

今この中のどこかで、嗣人と藤倉が会っているのだとしたら……出てくるところを待つしかないだろうか。

受付ロビーには、待ち合わせのできるような場所は設けられていない。

だったら、外で待つしかない。

ビルの外に、人に怪しまれずに待てる場所はあるだろうか、と身を翻したとき。

入り口の自動ドアが開き、一人の男が入ってきた。

外の光を背にした、肩幅の広い、均整の取れた長身の男のシルエットは……次の瞬間、ロビーの照明を受けて、顔立ちがはっきりする。

しかしその一瞬前から、翔也にはそれが誰かわかっていた。

「嗣人さん！」

呼んだ瞬間、足が勝手に動き、嗣人に駆け寄る。

顔に驚きを浮かべた嗣人は、反射的に両手を広げ、そして翔也はその腕に、しっかりと抱き留められていた。

「翔也、どうして……！」

「嗣人さんに、会いたくて、謝りたくて……っ、僕は……、僕は」

舌がもつれて言葉がうまく出てこない。

しかしその、言葉が出てこないのを補おうとするかのように、腕は嗣人にしがみついている。

あんなにも触れたくて、触れられたくて、そしてそれが怖かった嗣人の身体。

しかし、もう二度と嗣人に会えないかもしれないという切羽詰まった気持ちが、とうとう翔也の躊躇いを吹き飛ばした。

そして嗣人も、その翔也の身体をしっかりと受け止めてくれている。

それが嬉しい。

たとえ、別れを予感しての、憐《あわ》れみのようなものだったとしても。

嗣人の身体が自分から離れていくことが怖くて、スーツの背中の布を握り締めて離さない翔也を、嗣人は片腕でしっかりと抱き抱える。

「……おいで」

そのまま受付で名前を告げ、カードキーを受け取ってエレベーターに向かう。

無言のまま二人は、この間と同じような白い壁の球形の部屋に入った。

扉が閉まると同時に、嗣人が翔也の両肩に手を置き、正面から顔を見つめる。

その瞳には、翔也が恐れた憐れみや嫌悪ではなく、穏やかな優しさだけがあった。

「どうしてここに？　藤倉さんが？」

翔也の表情から何かを読み取ろうとするかのように、じっと翔也を見つめる。

「違うんです、僕は……僕が自分で……ここにくれば嗣人さんに会えると思ったから」

翔也の声が震えた。

ここにいるのは間違いなく、あれほどに会いたかった嗣人だ。

それも……学院に迎えに来てくれた直後のような、隔てのない、翔也に触れ、翔也を正面から見つめてくれる嗣人だ。

「翔也」

嗣人の声がわずかに掠れ、戸惑ったように眉が寄る。

「私は……私はもう、お前に会う資格はないのだと」

どういう意味だろう？

嗣人の方が、もう翔也に見切りをつけたのではなかったのだろうか？

驚いて問い返そうとして、視線が嗣人のそれとぶつかり……絡《から》まった。

瞳に、不思議な熱が籠もっている。

その熱が、翔也の中にある熱と呼応して、二人の身体が同時に震えたような気がした。

次の瞬間——

どちらからともなく、顔が近付いた。

唇が重なる。

嗣人の腕がしっかりと翔也の身体を抱き締め、翔也は信じられない幸福感で何も考えられ

なくなった。

この、嗣人の唇の感触を、性急にまさぐってくる舌を、腕の強さを、再びこうして感じることができるとは思わなかった。

「んっ……ん」

重なる唇の隙間から、甘い声が洩《も》れたとき。

嗣人がもぎ離すように、翔也の身体を自分の身体から離した。

瞳にはさきほどよりも激しいくらいの熱が籠もっているのに、顔が蒼ざめている。

「いけない。私はお前に会えば……お前が傍にいれば、こうせずにはいられなくなる。お前はそれがわかっていたから私を避けていたのだろうに」

「え……え？　ちが、違う……っ」

驚いて翔也は首を横に振った。

「僕こそ、僕が……嗣人さんを失望させたから……もう僕では役に立たないんだと思って……っ」

「そんな馬鹿な」

嗣人は強く否定してから、ふと気付いたように、まだ翔也の腕に触れている自分の両手を見た。

「私に……こうして触れられても、いやではないのか」

翔也は慌てて首を振る。

「だが、お前は私が傍に寄ったり、うっかり身体のどこかが触れたりすると、拒絶反応を示していた。いや、しかしそれは無理もないことだ、お前は思い出したくもないだろうが、薬を抜くのにあんなやり方で――」

「ち、違いますっ」

翔也はようやく、嗣人が何を言っているのかを理解して、真っ赤になった。

「あれは、僕が悪くて……でも嗣人さんは悪くなくて、僕は嬉しくて……でも、嗣人さんにとっては事故みたいなもので申し訳なくて……それに、嗣人さんに触られると、勝手に身体が熱くなって……でも、でも、いやなんかじゃ」

翔也の必死の説明を聞いているうちに、嗣人の表情が、戸惑いから驚き、そしてゆっくりと理解へと変化し……

それから、なんともいえない甘さを含んだ、むずがゆいようなものに変化する。

「では、私に触れられることが、いやだったのではないんだな」

「はい」

翔也が頷くと、嗣人がわずかに眉を寄せる。

「だが……私がお前に触れたいと思う、その気持ちの本当の意味を、お前はわかっているのだろうか」

「え、あの、ええと」

嗣人の気持ちというのは、あのことだろうか？

「はい、僕は……嗣人さんが、僕を写真の人の代わりだと思ってくれるのなら……それでいいんです」

「写真の？」

「それはなんだ？」

嗣人が驚いたように目を見開く。

「え？　あの、カード入れの中の……おばあさまに話していた、『忘れられない人』に……もしかしたら僕がどこか似ているんじゃないかと思って……それで嗣人さんは僕を」

それともそれすらも勘違いだったのだろうか？

「あれは」

嗣人ははっとし、それから首を振った。

「あれは、違う。あの人は」

そのとき、部屋の扉が開いた。

藤倉が入ってきて、立ち止まって翔也を見た。

「本邸かと思ったが、そうか、ここに来ていたのか」

あまり意外でもなさそうに言ってから、嗣人に向き直る。

「失礼、今、彼があちらに行ったのかと思って先に本邸の様子を見に行ったのですが、どうやら厄介なお客がいらしているようです。どうなさいますか」

「明通か！」

嗣人はすぐに思い当たったようで、一瞬唇を噛むと、翔也を見た。

「一緒においで」

「え、あの」

「あなたも、ご一緒に」

藤倉に言ってから、翔也の手をぎゅっと握って、そのまま急ぎ足で部屋を出る。

手を引かれる形で嗣人に続きながら、翔也はさすがに混乱してわけがわからなくなっていた。

本邸に明通が来ているというのはどういうことなのだろう、そして自分がそこに連れて行かれても大丈夫なのだろうか。

しかし、嗣人の手の力強さが、ひとつの事実を力として翔也に与えてくれる。

嗣人に嫌われてはいない、それだけは確かだ。

だとしたら、これから何が起きるとしても、この数週間の何万倍も耐えやすいだろう。

三人がタクシーに同乗して本邸に乗り付けると、車中から嗣人が連絡をしておいた宮越が待ち構えていて、翔也を見て驚いたように目を見開いた。

「翔也さまも？」

「そう、それと私の連れだ」

藤倉のことをそう説明すると、宮越は一瞬で平静を取り戻す。

「離れにおいででございます」

嗣人は頷き、翔也と宮越を引き連れて、離れに向かう。

「失礼します」

そう声をかけて、返事も待たずに祖母の部屋の襖《ふすま》を開けると、畳の間で床の間を背に低い椅子に座る祖母の前に、明通が立っていた。

嗣人と翔也は部屋に入り、藤倉は廊下に留《とど》まる。

廊下をやってくる足音でわかっていたのだろう、祖母は驚く様子もなく、明通は翔也が一緒なのを見てちょっと眉を上げた。

「ほう、話題の御曹司《おんぞうし》がご一緒だ」

皮肉めいた口調で言って、祖母を見る。

「大叔母さま、役者が揃《そろ》ったようだ。同じことをもう一度言わせて貰いますよ、ＤＮＡ鑑定を行うべきだ、あなたとこの小僧の間に、血縁関係があるのかどうかを」

「それは私が拒否すれば不可能なことね」

祖母は落ち着いて答える。

「そもそもお前に、刀根家の後継に関して口出しする権利はありませんよ」

「馬鹿な！　嗣人がいなければ、結局は俺しかいなかったじゃないか！」

明通は憎々しげに嗣人を見た。

「綾人がいなくなって、大叔母さまを苦しめた女の息子が当然のような顔をして後継者となった。それだけでも許せないのに、どこの馬の骨ともしれない小僧をさらに自分の後継者として連れてきて、二人で本邸に乗り込むなんて、許せない！」

翔也は驚いて、明通の言葉を理解しようとした。

大叔母さま……つまり祖母を、苦しめた女の息子？

嗣人が？

ということは……嗣人は、祖母の息子ではない、ということなのだろうか？

思わず傍らの嗣人を見ると、その視線に気付き、嗣人は静かに頷いた。

「私は母上の実の息子ではない……刀根家の当主となるにあたって、母上と呼ぶことを許されたにすぎない、脇腹《わきばら》の子だ」

脇腹……古風な言葉だが、正妻ではない、いわば愛人の子ども、ということなのだ。

藤倉が言っていた「嗣人の生まれ」というのは、このことだったのか。

祖母と嗣人の間にある、普通の母子《おやこ》とは違う距離感が、それで納得できる。

「だいたい嗣人って名前だってひどいもんだ。あの女は、自分の子どもがいつか綾人を差し置いて刀根を乗っ取ることを期待して、長男でもないのに嗣の字をつけたんだからな」

明通がさらに続けると、

「お黙りなさい」

祖母が静かに、しかし明通を思わず黙らせる迫力で、言った。

「……大叔母さま、しかし……」

「お前はこの場で、私の古傷を抉《えぐ》るような真似をするのですね」

祖母はじろりと明通を睨《にら》む。

「いきなりおしかけてきて、翔也はおかしな組織から提供された偽者だと言い立てて、あげくに今現在、刀根家の正当な当主である嗣人をも侮辱して。嗣人はそれでも、私の夫の息子です。では、お前はなんだというの？」

明通はさっと蒼ざめた。

「俺は……俺は、芳村の血筋ですよ。芳村と刀根は過去にも縁組みを繰り返しているんだから、俺にだって少しは、刀根の血は入っている」

「だから、嗣人よりもお前のほうがふさわしいと？　血の濃さで言えば嗣人のほうが明らかに濃いでしょう」

祖母は皮肉な口調で言った。

明通は唇を嚙んだが、横目で翔也を見て、戦略を立て直したらしい。

「嗣人のことは……まあ、大叔母さまも親族たちも認めたんだから、俺も今さら異議は唱えないことにしましょう。だけど、この小僧は違う」

つかつかと翔也に近寄り、腕を摑んで祖母の正面に立たせる。

「これが、綾人の息子だなんて、俺は信じない。綾人とはまるで似ていやしない。嗣人が親族の持ってくる見合いを片っ端から断って、後継者のことが問題になりはじめたタイミングで綾人の息子が現れるなんてできすぎている。そうでしょう？　だから」

「翔也は綾人の息子ですよ」

祖母は正面に立つ翔也を見上げ、きっぱりと言った。

「この目は、香織《かおり》さんの目です。私はすぐにそうとわかりましたよ」

香織……それは、「刀根翔也」の母とされている人の名前だ、と翔也にはわかった。

翔也はぼやけた写真しか見ていないが、祖母は実際に、会ったことがあるのだろう。そしてその人の目が、翔也と似ている、と言っているのだ。

「はっ、あの、貧乏家庭の娘で、大叔母さまが綾人との結婚に反対した女の？」

明通が馬鹿にしたように言うと、祖母が嗣人を見た。

「そうでしょう、嗣人？　香織さんの兄はお前の家庭教師だったのだから、お前にもわかるでしょう？」

それまで、黙って祖母と明通のやりとりを聞いていた嗣人が進み出ると……静かに、翔也の肩に手を置いた。

その手の温《ぬく》もりが、翔也に不思議な安心感を与える。

「ええ。翔也の目は、香織さんの……そして香織さんの兄の、市崎《いちざき》先生の目です」

その瞬間、翔也ははっと思い当たった。

あの人、あの、嗣人が持っていた写真の人。

どこか、自分と似ていると感じた。特に目の辺りが。

もしかするとあれが、その人なのではないだろうか？

翔也の「母の兄」であり、似ている兄妹だったとすれば、翔也は「母」と目が似ている、ということになる。

そしてその人が、嗣人の家庭教師だったというなら……嗣人と直接の接点があった人であるなら。

あの写真の人こそが、そうだ。

そして、翔也が「母」や「伯父《おじ》」と似ている、という今の会話が、どこに向かっているのかもはっきりとわかる。

嗣人も祖母も、翔也が「刀根翔也」であると主張し、明通が言う「偽者」説を否定しようとしている。

嗣人は……嗣人は、学院との契約を解消しようとは思っていない……！

「明通」

祖母が静かに、しかし威厳を籠めて明通に言った。

「諦《あきら》めなさい。私は刀根家のために嗣人を了承し、そして嗣人が見つけてくれた翔也が、正しい嗣人の後継者だという意見を変えるつもりはありません。なぜなら、嗣人と翔也を否定すれば、やはりお前を推す人間が出てくるとわかっているからです。でも私は、お前を刀根家の後継者と認めるつもりはない。お前は、その地位にふさわしい能力も覚悟も人格も、持ち合わせていないからです」

その厳しい言葉に……明通は絶句した。

翔也も、祖母の言葉の厳しさに、刀根家を思う祖母の覚悟を感じた。

そして次の瞬間。

「お前が！」

明通がどす赤く血の上った顔で、翔也を睨みつけた。

「お前さえいなければ――――！」

祖母の背後の床の間に置かれていた、備前焼の大きな花瓶《かびん》を摑むと、それを翔也の頭めがけて振り下ろす。

逃げなくては、と思いながらも、脚が竦む。

次の瞬間――強い力で突き飛ばされ、翔也は畳の上に手をついた。

ゴッッという鈍い音。

祖母の悲鳴。

そして……

「誰か！　誰か来てください！　早く！」

それが藤倉の声だと気付き、翔也がはっと顔を上げると。

目の前に、嗣人が倒れていた。

傍に転がる花瓶。

そして畳の上に、じわりと広がりはじめている、赤い血。

藤倉が明通を羽交い締めにしており、部屋に宮越や使用人が駆け込んでくる。

「嗣人さま！」

宮越の声に、呆然としていた翔也ははっと我に返った。

嗣人が。

自分を庇《かば》って……頭を殴られてしまった。

「嗣人さん！」

思わず嗣人に伸ばした手を、宮越が止める。

「動かしてはいけません、今、救急車を呼んでいますから」

嗣人はぴくりとも動かず、その顔がどんどん青白くなっていくのがわかる。

死んでしまう……嗣人が死んでしまう……！

頭の中が、心が、氷の矢で突き刺されるような痛みを感じながら、翔也は嗣人の顔をただただ見つめているしかなかった。


翌日、翔也は、病院のベッドに横たわる嗣人の傍にいて、嗣人の顔を見つめ続けていた。

頭の怪我《けが》は手当てされ、出血は多かったが、傷はそれほど深くはないと説明された。

脳にも明確なダメージはないということだが、意識は失ったままだ。

医師は、様子を見るしかないと言った。

翔也は、穏やかに眠っているような嗣人の顔を、じっと見つめた。

このまま嗣人が目覚めなかったら、自分はどうすればいいのだろう。

いや、なすべきことはわかっている。嗣人が契約解除を望んでいなかったとわかった以上、翔也は自分の役割を果たさなければ。

嗣人の後継者として刀根家を守っていかなくては。

だが……嗣人なしでは、それはなんという険しい道になることだろうか。

「嗣人さん……」

翔也は、嗣人の手をそっと取り、自分の頬に押し当てた。

体温が低いのか、ひんやりとした感触だ。

この手が、どれだけ恋しかったことだろう。

嗣人の手が自分に触れようとするたびに、びくりと身体が震えてしまった。

嗣人はそれを、翔也が拒否しているのだと受け取ってしまったが、翔也にとっては、期待と喜びが大きすぎて受け止めきれないくらいだったのだ。

ふと、海王のことを思い出す。

翔也と遊んでいると嬉しくて嬉しくて、ついには自分で自分をコントロールできないかのように、翔也から飛びすさって地面を転げ回るほどだった。

犬と一緒だ、と翔也は思わず苦笑する。

それくらい……嗣人が好きで好きでたまらない。

嗣人は、翔也にキスをした。触れたいと思う気持ちを堪えきれなかったと言ってくれた。

そして、写真の人……昔の家庭教師の、身代わりでもない、と。

だったらそれはどういう意味なのか、知りたい。

嗣人の口から、聞きたくてたまらない……！

「嗣人さん……！」

嗣人の手の甲に、自分の唇を押し当てる。

そのとき、背後で静かに病室の扉が開いた。

振り向くと、宮越に車いすを押されて、祖母が入ってきた。

祖母が視線で合図すると、宮越は翔也が座っている椅子の隣に車いすを並べ、静かに病室を出て行く。

「……寝ていないそうね、ここにつききりで」

祖母は、翔也にそう言って、嗣人の顔を覗き込んだ。

「こんなふうに、嗣人さんが眠っているところははじめて見ました」

祖母にとっては、夫の愛人の息子、ということになるのだと、翔也は改めて気付いた。

「おばあさまは……嗣人さんを……」

憎くはないのだろうか、とさすがに言葉にできずに躊躇うと、

「明通はね、間違っていますよ」

祖母がさらりと言った。

「私は綾人を産んだあと、事故にあってこんな身体になり、それ以上子どもを産めなくなりました。だから夫が外で子どもを作ったときも、『刀根家のためにはいいこと』と許したの。綾人一人では心配だから……と、いわばスペアね」

祖母は小さく息をつく。

「私は傲慢《ごうまん》だった。そんな考え方は綾人にとってもよくないことだったのに。そして、そのスペアを使う必要がないように綾人の結婚相手も私が選ぼうとし、嗣人の家庭教師の妹である香織さんを連れてきたときにも、ふさわしい家柄ではないと許さなかった。その後のこと

は、罰《ばち》が当たったのだと思っていますよ」

その後のこと……綾人が結婚せずに早世してしまったことを言っているのだ。

「だからね」

祖母は翔也を見た。

「私は、刀根家がもう終わってしまうような気がしたのよ。嗣人がどういう育ち方をしているか知らなかったから、明通のような能なしを受け入れることになるのかと思ったの。でも違った、嗣人には準備ができていた。だから私は、嗣人を認めたの。それが嗣人の母親の野心の結果だったとしても、私はどれだけそのことに感謝したかしれません。たとえ嗣人が私の目に、そつがなさすぎて人間的な感情が薄いように見えたとしても、それは刀根家の当主の欠点としては小さいと思えたから」

自分の息子を失い、その後釜《あとがま》に座った嗣人を、祖母は冷静に見極め、刀根家のために受け入れた、ということになる。

それは、大変な自制心だ。

絶やしてはいけない名家を預かる身としての、おそろしいほどの義務感だ。

「だから、嗣人さんが翔也を連れてきたときも、思ったの。この展開に感謝しなくては、とね」

翔也は思わず祖母を見つめた。

祖母は、翔也が綾人の子だと信じている。結婚を許されなかった香織が産み、そして綾人が認知し、外国の寄宿学校に極秘に預けていた子どもだと。

本当はそうではないと知ったら……祖母はどう思うだろう。

これまで翔也は、自分たちの存在は誰かを騙すことにはなるが、罪悪感を感じてはいけないと教わり、自分でもそう思って来た。

しかし今この、気丈に刀根家を守ってきた人を騙している、ということは……正しいことなのだろうか。

自分はこの人を一生騙し続けることが、できるのだろうか。

「おばあさま……僕は……」

「翔也」

祖母はじっと翔也の目を見つめた。

「お前は、刀根家を守るということの意味がわかっていますか？　守らなくてはいけない、一番大切なものが何かということを？」

翔也は、その言葉の裏に隠されたものを感じ取って、さっと緊張した。

これは重大な質問だ。

この祖母が今日まで、多くのものを失いながらも必死に守ってきたもの。

そして嗣人が守ろうとしているもの。

それを、自分は理解しているだろうか。

自分自身の贅沢《ぜいたく》や快楽などではもちろんない。

そして財産とか、名声とか……そんなものも、二の次なのだ。

「……人、だと思います」

翔也はゆっくりと言った。

自分が後継者となることで求められること。

刀根家の関わる会社とか、名誉職とか、そういったすべてのものを維持していかなくてはいけないのは……

「刀根家に関わる人々を守ること。関連会社の社員。親族。屋敷で働いてくれる人たちも含めて……刀根家に関わるすべての人々を、守ること」

後継者争いなどで刀根家の屋台骨がゆらいだり、一番上に立つ人間が義務感を失ったりすれば、刀根家が関わる事業に影響が出る。

明通のような人間に刀根家を渡してはいけないのは、そういうことなのだと、思う。

翔也の答えを聞いて、祖母は……微笑《ほほえ》んだ。

満足そうに。

「その答えでじゅうぶんですよ。香織さんの目を持ち、そして嗣人のあとに刀根家を任せられるだけの、頭脳も、責任感も、ある。私にはそれでじゅうぶんなのよ」

その瞬間、翔也にはわかった。

祖母は……知っている！　翔也が本物の、綾人の子どもではないと……！

知っていて、香織という人に似ている部分があり、そして将来刀根家を任せられる人間だと信じられるから、偽者と知りながらも翔也を受け入れているのだ。

この人は……なんと肝《きも》の据《す》わった人なのだろうか。

翔也が理解のいろを目に浮かべたのに気付き、祖母は頷いた。

「そう、だから私はお前の味方です。お前の素性を疑う人間が出てきても、私が保証するのだから、お前は安心していていいの」

嗣人と祖母と、その二人が翔也の素性を保証し、守ってくれる。

それは翔也にとってどれだけ心強いことか。

「それに」

祖母は横たわる嗣人に視線を戻した。

「嗣人さんがお前を連れてきたのには、嗣人さんなりの理由があるのでしょう。おそらくこの人は、自分の子どもに刀根家を継がせるのは罪だと、どこかで思っているのではないかという気がします。どうやら私が思っていた以上に、人間的な感情を隠し持っていたようだから。でもそれが私に対する罪悪感だとしたら、そんな必要はないと言いたいのだけど」

「……そういうわけではありませんよ」

ふいに、嗣人の唇が動き、声を出した。

翔也がはっとして嗣人の顔を覗き込むと……嗣人はゆっくりと目を開けた。

少し眩《まぶ》しそうに目を細め、数度瞬きをして、それから翔也と視線を合わせ……ふっと優しく笑う。

「気がついていたのですか」

祖母が呆《あき》れたように言うと、嗣人が祖母を見た。

「すみません、少し前から。お話をなさっていたので、タイミングを摑めなかったのです」

嗣人の意識が戻った。

嗣人が、自分を見て微笑んでくれた。

翔也はそれだけで舞い上がりそうになり、必死に心を落ち着かせる。

「誰か……呼ばないと」

慌ててナースコールを探そうとする翔也の手を、嗣人がそっと押さえた。

「大丈夫だ。その前に、ひとつだけ言いたい」

そのままその手で、翔也の手をやわらかく握り込み、祖母に視線を向ける。

「私が自分の子どもを持たないのは、母上に対する罪悪感からではありません。いえ、それも少しはあるかもしれませんが……私はかなり以前に、自分が同性を愛するたぐいの人間だと気がついていたのです」

翔也は、嗣人に手を握られていることが急に恥ずかしくなり、しかし同時に、絶対に自分から離したりしてはいけない、と嗣人の手を握り返した。

祖母は無言で嗣人を見つめていたが、やがてふうっとため息をつく。

「浮いた噂がなさすぎるし、見合いは全部拒否するし、まあなんとなく想像はついていましたよ」

声に、少し呆れた笑いが含まれている。

「それで？　前に言っていた忘れられない人、写真を持ち歩いているという人は？」

「ああ、写真じたいは、市崎先生ですよ」

嗣人はさらりと言った。

翔也の母ということになっている香織の兄、嗣人のかつての家庭教師。

「私が、自分の性的指向に疑いを抱いて相談したときに、先生が救ってくれたのです。自分に嘘をついて生きれば、のちのち絶対に苦しくなるし後悔する、と。自分の性的指向を認めた上で、どう生きるか決めろ、と。あの言葉がなければ、私は自分を偽ったままで、辛い人生を送ることになっていたと思います」

嗣人の義務感の強さからいえば、家のために結婚をし、子どもを儲《もう》け、しかし本当には妻を愛せないことに罪悪感を抱き……という展開は容易に想像がつく。

「写真は先生の入れ知恵です。見合いを勧められたりしたときのために、誰か同性の写真を持ち歩いて、それを見せて『この人が忘れられないから無理だ』という口実に使えばいいと。そう言われても誰の写真でもいいというわけにもいかず、先生の写真を使わせて貰えるかと尋ねたら、笑って快諾してくださったので」

嗣人はそのときのことを思い出したように苦笑する。

「先生の婚約者の理解もあったからできたことです。正直言って私としても、先生に対して淡い初恋のような気持ちを抱いたことがあるのは否定しませんが、実のところ、最近では自分が先生の写真を持ち歩いていることも時折しか思い出さなくなっていたくらいで……まあ、母上が言われた通りの『方便』ですね」

そうなのか、と翔也は嗣人の言葉に納得し、ほっとしている自分に気付いた。

あの人は……写真の人は、淡い初恋の相手ではあっても、忘れられない恋人ではなかったのだ。

「まあ、いいでしょう」

祖母が頷く。

「とにかくあなたは翔也を見つけた。そして翔也の次の代がどうなるかは、私が心配することでもないでしょう。たとえば五十年後に、世の中がどうなっているかもわからないことですしね」

その頃になっても、「血統重視」が続いているのかどうか。

養子の概念が根付いているかどうか。

いやそれ以前に、「家」というものに対する考え方がどうなっているか。

それは誰にもわからない。

「ところで」

嗣人が翔也を見て何か言いかけたとき、

「失礼します」

病室の扉が開いて、看護師が入ってきた。

「あ！　気がついたんですね。今先生を呼びますね」

そう言って廊下に出ていき、すぐに医師や他の看護師たちが入ってきて、部屋は慌ただしくなった。


一週間後、翔也は嗣人に、都心のホテルに呼び出された。

あれから嗣人は二日間検査のために入院し、その後は仕事が忙しく、ほとんど本邸にも戻っていなかった。

しかし今日ようやく、「時間が取れた」と翔也を呼び出してくれた。

招き入れられたホテルの部屋は、年間を通して嗣人が抑えているという、ジュニアスイートだった。

リビングと寝室の続き部屋で、嗣人の衣類や、仕事に必要なものが置かれていて、本邸の部屋よりもよほど生活感がある。

「翔也が来る前は、私はほとんどここで生活していたんだよ。翔也をいきなり一人で本邸に放り出すわけにはいかないと思い、あちらに生活の場を移していたんだが、こちらの住み心地も捨てがたくてね」

嗣人が説明している間に、翔也を案内してきたベルボーイが部屋を出て行く。

そして扉が閉まると……

二人きりになる。

翔也は急にそのことを意識して、鼓動が速まるのを感じた。

嗣人はどういう理由で、翔也を今日ここに呼び出したのだろう。

嗣人との話は、いろいろ途中で途切れてしまっている。

どこから再開すればいいのだろう？

触れられるのはいやではなかったのだと、嗣人に触れられるのを望んでいたのだという部分？

嗣人を好きだと言っても……いいのだろうか？

いや、そういうことではないのかもしれない。

仕事の資料なども置いてあるこの部屋に翔也を呼んだということは、嗣人はあらためて、刀根家の後継者としての心構えか何かについて、翔也ときちんと話をしたい、ということなのかもしれない。

だとしたら、個人的な感情のことを先に考えた自分が恥ずかしい。

一瞬の間にそんなことを頭の中に駆け巡らせていると……

「翔也」

嗣人が翔也を呼んだ。

優しく……甘く。

はっとして翔也は嗣人の顔を見て、そして頬に血が上るのを感じた。

嗣人の目に籠もる甘い熱が、翔也の中の余計な考えを全て吹き飛ばす。

「翔也、やっとこうして二人きりになれた」

嗣人はそう言って、翔也のほうに両手を伸ばし……翔也が身体を硬くしたのが、拒否ではなく緊張だと、今はそれがもうちゃんとわかっているというように……

ゆっくりと、翔也を抱き締めた。

その瞬間、翔也は何か熱いものが喉の奥に込み上げてきて、嗣人の背中に腕を回し、しがみついた。

「嗣人さん……嗣人さん、嗣人さん……っ」

嗣人の腕に力が籠もり、しっかりと翔也を抱き締めてくれる。

この力強い腕に抱かれることを、広い胸に顔を埋《うず》めることを、どれだけ望んでいただろう、と翔也は泣きたくなる。

すると嗣人が優しく言った。

「翔也、顔を見せてごらん」

そう言われると急に恥ずかしさが込み上げてくるが、翔也はなんとか顔を上げた。

嗣人が翔也と視線を合わせ、微笑む。

「翔也、私たちはずいぶんと誤解し、遠回りをした。だが、今言いたいのは、ただこれだけ……私は翔也を、愛している」

愛――という言葉が、翔也の心臓を鷲摑《わしづか》みにしたように感じた。

好き、という翔也の中にあるつたない言葉ではなく、もっと大きな意味を持つ言葉を、嗣人は翔也にくれるのだ。

「嗣人さん……僕、僕は……っ」

言葉に詰まった翔也に嗣人はふっと優しく目を細め……そして、顔を近寄せる。

余計な言葉の出口を塞いでしまおうかというように。

唇に、唇が、重なる。

これが、欲しかった……と翔也は泣きたいような気持ちで、思った。

唇が伝えてくれる嗣人の優しさ、想い、熱。

強く押し付けられていた唇は、やがて優しく翔也の唇を食み、そして舌が忍び入ってきて翔也の舌を搦《から》め捕る。

足の力が抜けそうになる翔也の身体を、嗣人の腕がしっかりと支えてくれる。

「んっ……っ」

翔也の鼻から甘い息が抜けたとき、嗣人はゆっくりと唇を離した。

目と目が、間近で出会い……嗣人が囁くように言った。

「わかるかい？　私は誰の身代わりでもなく、翔也という一人の人間を、愛している」

翔也は目が潤むのを感じながら、頷いた。

写真の人の身代わりでもいい、と翔也は思っていたが、そうではなかった。

嗣人は翔也を、翔也自身を、愛してくれている。

翔也の額に、自分の額を押し当てながら嗣人は言葉を続ける。

「お前と私はたぶん、本質のところが同じなんだよ。お前をはじめて学院で見たとき、市崎先生と……そして香織さんと似ている、と思ったのは本当だ。だが面談で話しているうちに、それだけではない、お前の深い部分にある何かが、私と似ていると気付いたのだ」

似ている……？

思わず翔也がまじまじと嗣人を見ると、嗣人は頷いた。

「お前の目の中にあるものが、私にはわかった。あれは、誰かに必要とされたいと渇望する目だった」

そうだ、学院にいるときに、翔也はずっと、必要とされる場所に行きたいと望んでいた。

そして嗣人が現れたとき、この人に選ばれたい、この人に必要とされたい、この人の役に立ちたいと、強く思ったのだ。

「私もそうだったから、翔也の痛いほどの望みがわかった。いつか父や兄の傍らで、刀根家の役に立てる日が来れば、日の当たる場所に出られれば、と……長い間それだけを思い続けていた私なら、翔也をふさわしい位置に置いてやれるし、翔也なら私を理解してくれると感じた」

あのとき、翔也は、嗣人とはどこか深い部分でわかり合えると感じた。

それを嗣人も、感じてくれていたのだ。

「でも……それならどうして……」

最初に現れたときに、翔也を選んでくれれば。

そんな思いを言葉にする前に、嗣人はちゃんと拾い上げてくれる。

「私を躊躇わせたのは……そんなふうに一人の人間の人生を私が決めていいのかどうか、ということだったんだ」

そうだ、それが嗣人という人間だ。

選ばれる側でしかないはずの翔也に、自分で選ばせようともしてくれた。

翔也をただの道具ではない、一人の人間として扱ってくれた。

それが、翔也が惹《ひ》かれた嗣人という人なのだ。

「僕は、僕は、諦めていました……でも、あなたが来てくれた、もう一度」

震える声で翔也が言うと、嗣人は頷く。

「ずっと、翔也のことを忘れられなかった。選ぶなら、翔也だと思っていた。刀根家にふさわしいだけではなく……いや、それよりも、私の傍にいて、私とともに歩んでくれる存在として」

切なく微笑む。

「だが、こんなふうに翔也をいとおしいと思い始めたのは、海王の話を聞いたときからだと思う」

「海王の……？」

買い物に行ったショッピングモールのドッグランで、確かに海王の話をした。

「翔也は、私に救われたと言ってくれた。あの言葉で、私の罪悪感を軽くしてくれた。そして翔也が、自分が救ったからこそ海王が特別な存在で、いとおしいのだと言ったとき……私は、それがお前に対する自分の気持ちでもあると気付いたのだ」

救われたからこそ慕わしい。

そして救ったからこそいとおしい。

嗣人はあのとき、そんなふうに感じてくれたのだと、翔也の胸が熱くなる。

嗣人は真剣な眼差しを翔也の顔に注ぎながら続ける。

「だがそれを、ただただいとおしい、かわいいのではなく、こんなにも特別な気持ちだと気付いたのは……お前に拒否されていると思ってからだ」

翔也が、嗣人に触れられそうになるとおかしな反応をしてしまうようになってから。

翔也の方も、嗣人に拒否されていると感じて辛かった。翔也だって、そんな状況になってから、嗣人を好きなのだと気付いてしまった。

自分と嗣人は、すれ違っているようでいながら、ずっと気持ちはシンクロしていたのだとわかる。

だから……嗣人は自分にとって、特別な人なのだ。

嗣人は翔也の頰を、両手で包んだ。

視線を合わせる。

「ずっと、後悔していた。翔也との最初が、あんなふうだったことを。あんな状態で翔也を抱きたくはなかった。だから……やり直しをさせてほしい」

やり直しを。

つまり……つまり、もう一度、嗣人は翔也を抱きたいと……。

「いやか？」


甘い声音は、翔也の返事などわかっているというように聞こえる。

そしてそれは事実だ。


翔也は、首まで赤くなりながら、こくんと頷いた。


抱き上げられ、隣の寝室まで運ばれる。

仄暗《ほのぐら》い照明の中、部屋の中央にひとつだけ置かれているクイーンサイズのベッドに翔也を降ろすと、嗣人はすぐに翔也の上にのしかかってきた。

嗣人の顔がゆっくりと降りてくる。

翔也は、近付く唇を自分から迎えに行くようにして、唇を重ねる。

すぐに口付けは、貪《むさぼ》るような深いものに変わった。

舌と舌を絡めることが、口の中を舌先でくすぐられることが、身体の奥底にある快感の泉に直結していることを、翔也はもう知っている。

口付けながら、嗣人の手がゆっくりと、翔也の衣服を脱がせていく。

自分の全裸は前回嗣人に見られてしまっているのだが、こうしてあらためて脱がされていくと、自分だけが素肌をさらすことがどうにも恥ずかしい。

「……嗣人さん、も」

唇が離れた隙に、翔也は小さくそう言ってみると、嗣人が片頬で笑い、それがおそろしく、艶っぽく見えてどきりとする。

「もちろんだ」

嗣人はそう言って、ベッドの上で、翔也の身体を膝で跨《また》いだまま、無造作にスーツの上着を脱ぎ、ネクタイを取り、そしてシャツのボタンをはずしていく。

露《あら》わになった上半身を見て、翔也は思わず息を呑んだ。

肩や胸、二の腕にかけて流れるような滑らかな筋肉が乗っている。作り込みすぎた無骨な身体ではなく、バランスのいい美しさ。

彫刻を見ているようだ、と思う。

しかし、嗣人がズボンのベルトを抜き、前を開けると、そこにあるのは紛れもなく、生きた男の身体だと思わせる。

引き締まった腹部、濃すぎない叢《くさむら》、そしてもうすでに力を持っている、嗣人のもの。

翔也は、自分がごくりと唾《つば》を飲んだ音が部屋中に響き渡ったような気がして、真っ赤になった。

期待しているようで恥ずかしい……しかし現実に、期待している。

そして、目の前にある嗣人の身体に触れてみたい、という欲求が込み上げてくる。

「さ……触っても、いいですか……？」

自分の声が上擦《うわず》っているのも恥ずかしく、それでも思い切ってそう言うと、嗣人は微笑んだ。

「もちろんだ。この身体は、翔也のものなんだから」

そう言って翔也の手を取り、自分の胸に導く。

翔也は嗣人の素肌に触れ、その指先に伝わる体温を全身で感じたような気がして、ぶるりと震えた。

「……くすぐったいよ」

嗣人が苦笑し、

「私も翔也に触るよ」

そう言いながら、ゆっくりと翔也の胸に手を置いた。

「あ……!」

その瞬間、全身にぞくりとさざ波のような快感が広がったのを感じ、翔也は思わず声をあげた。

嗣人が胸から脇腹にかけて肌の感触を楽しむように撫でながら、翔也の胸に顔を伏せる。

「ふ……あ……っ」

唇の熱を肌に感じ、じわりとそこから身体が溶けそうになる。

嗣人の親指の腹が、片方の乳首を擦り、そして唇がもう片方を捕らえた。

「あ、あっ」

じっくりと、ゆっくりと、翔也の身体に幾重にもぞくぞくとした感じが広がっていき、もどかしく焦れるような気持ちで、思わず両脚を擦り合わせる。

違う……この前とは、全然。

身体は何も知らないのに、半端な知識と人工的な欲望だけが不均衡にせかしていた前回とは、まるで違う。

舌で乳首を転がされ、指で摘《つ》まれ、押し潰され、翔也はたまらず首を左右に打ち振った。

嗣人が顔を上げ、唾液で濡れそぼった乳首を指先で軽く弾《はじ》いた。

「翔也、かわいいね」

「あ――っ」

強い刺激に、翔也はびくびくと身体を震わせた。

「ここも、刺激には慣れていない。そうだろう？」

嗣人の手が、翔也の下腹に辷り、とっくに勃ち上がっているものを握る。

「あ」

「私はてっきり、自分がぐずぐずしているうちに、翔也はあの余計なオプションとやらを受けてしまったのかと思っていた」

親指の腹で先端を擦り、ゆっくりと根元から扱き上げる。

「だが、そうではなかった」

そう言って嗣人は、口付けを胸から腹へと落としていき、そして嗣人の先端を口に含む。

「ああっ、やっ……っ」

そういうことをするのだと……知ってはいた。

だがそれはむしろ、自分が誰かに、奉仕としてするべきという気がしていた。

こんなふうに優しく、幹に舌を這わされ、先端を吸われ、尖《とが》らせた舌先で割れ目をくじるようにされると……腰の奥がじくじくと疼いて、出口を求めだしてしまう。

気持ち、いい。

そしてもっと、気持ちよく……なる。

しかし。

「あ、あ。で、ちゃ……だ、めっ……やっ」

このまま、嗣人の口の中に……？

そんな恥ずかしくて申し訳ないこと、と思い必死で堪えていたが。

促すように、嗣人の手が翔也を根元から扱き上げ、同時に先端を強く吸うと――

「あ――っ……っ……っ」

耐えきれずに、翔也は身をのけぞらせ、射精していた。

おそろしく長い、絶頂。

「は……あっ……」

ようやく、きつく閉じていた目を開けると、嗣人が自分の口から掌に、白いどろりとしたものを落としているところだった。

「あ、ごめ、ごめんなさ……っ」

「どうして謝る？　かわいいところを見せてくれたのに」

嗣人はそう言いながら、翔也の放ったものを受け止めた手を、ゆっくりと翔也の脚の間に差し入れた。

「あ……っ」

指が狭間を探る。

ぬるりとしたものが、奥を、撫でる。

「力を抜いて……覚えているだろう？」

嗣人に言われるまでもなく、翔也は覚えている。

そして記憶の通りに嗣人の指がそこをほぐし、ゆっくりと中に入ってくる。

長い指が届く場所。

内壁を撫で、押し広げ、抜き差しし……ゆっくりゆっくり、自分の中に異物があることを、そしてそれを受け入れることを、翔也の身体にわからせていく。

嗣人の指は、ただ性急にそこを広げて馴らそうとしているのではなく、中でも感じることができるのだと、思い出させていくようだ。

そう。

この前も、どれだけ丁寧《ていねい》に、嗣人が翔也を中で感じさせようとしてくれたのかがはっきりとわかる。

「あ……あ、あっ……やっ……んっ、くっ」

蕩《とろ》かされていく。

感じるところを強すぎない刺激で撫でられると、腰の奥がぐずぐずに溶けていきそうだ。

「大丈夫そうだ」

やがて嗣人が、二本に増えていた指をぐちゅりと引き抜いた。

「あ……っ」

中が、空《から》っぽになってしまった。

欲しい、ここに。

目を潤ませ、焦れるように嗣人を見上げる翔也の額に、いとおしくてたまらないというように一度キスを落とし……

嗣人は、翔也の膝を広げながら、ぐいっと胸の方に押し付けた。

嗣人の目の前に何もかもをさらしてしまう恥ずかしい姿勢。

だが羞恥を押しのける勢いで、欲望が前に出る。

「あ……嗣人、さ……」

嗣人が自分の先端を、ぴたりと入り口に押し当てた。

その熱だけでどうにかなってしまいそうだ。

ぐっと押し当てられ……押し込まれる。

入ってくる、嗣人が。

その嗣人のかたちを抱き締めるように閉まる内壁を擦りながら、嗣人が奥まで入ってくる。

「……わかるか？　私が」

嗣人が低く尋ねた。その声が欲望に掠れているとわかって、翔也の体温がさらに上がる。

この前は、こんなふうに嗣人のかたちをはっきりと意識するどころではなかった。

ただただ楽になりたくて、溺れる者のように嗣人に縋《すが》っていた。

だが今はこうして、自分の中の嗣人をはっきりと意識できる。

ひとつになっている……それが、翔也の胸を熱くする。

「嗣人、さ……おっき、い」

何も考えずに出てきた言葉を口にすると……

ぐっと、翔也の中の嗣人の体積が増した。

「え……えっ？」

「そういうことを言うと」

嗣人が堪えるように苦笑する。

「我慢できなくってしまうだろう……今日は優しく翔也を抱きたいと思ったのに」

そう言いながら、嗣人は翔也の上に上体を重ねてきた。

翔也は腕を伸ばし、嗣人を受け止めるようにして、抱き締める。

「あ……っ」

繋がりがさらに深くなる。

ぴったりと密着する肌と肌。

この人と、これほどまでに好きな人と、隙間もないくらいに肌と肌と重ね合わせることが、こんなに幸せなことだとは想像もしなかった。

嗣人が、ゆっくりと腰を引き……そしてまた、押し込む。

「んっ……あ、あっ」

嗣人のもので中を擦られる、指とはまるで違う感覚。

この間は入れられたぐらいで意識が飛んでしまい、そこから先は記憶にない。

だが翔也の身体は、嗣人の律動が生み出す快感をはっきりと覚えている。

心は、嗣人とはじめて抱き合っている喜びに震え、身体はすでに知っている快感を追いかけている。

そのふたつが翔也の中でひとつの流れになる。

「あ……あ、あ、つぐとさ……あっ」

掌で、嗣人の肩の筋肉の動きを、そして嗣人の身体から滲み出す汗を、感じる。

耳元に感じる、次第に荒くなる嗣人の息。

それでも嗣人は、追い上げすぎないように、自分の快感を求めるよりも、翔也の快感を掘り起こすことを優先してくれているのだとわかる。

それが、翔也には嬉しく、同時にもどかしくなってくる。

もっと激しくしてくれていい。

嗣人が気持ちよくなってほしい。

そんな思いで無意識に中を締め付けたらしい。

嗣人がくっと息を呑んだ。

「翔也……こら、我慢できなくなるから」

翔也は、目の前にある嗣人の頬を、両手で包んだ。

いつも冷静な大人の男の顔が、凶暴な雄の顔になるのを必死に堪えているように思える。

だが翔也は、その雄の顔を見たい、と思った。

「がまん、しなくて、いっ……っ」

「……言ったな」

嗣人が片頬を歪めて苦笑する。

そして次の瞬間、翔也の腰を抱えて、強く深く突き入れた。

「あ――！」

のけぞった喉に食らいつくように口付ける。

遠慮のない抜き差しが、翔也の身体を揺する。

唇で、掌で、届く範囲の場所をくまなく愛撫しながら、嗣人は翔也の中を抉り立てた。

上がる息が口付けで絡み合い、汗でぬめる肌はひとつに溶け合っていく。

好き。

この人が、好き。

愛している……と、言葉にできたのかどうか。

「翔也……！」

嗣人の掠れた声が、翔也の身体の奥深くで渦《うず》巻いていた熱を、大きく膨らませた。

弾ける……！

翔也がそう思った瞬間、嗣人がきつく翔也の身体を抱き締め、ひときわ奥を突いたかと思うと、そのまま身体を硬くした。

数度、翔也の中のものが痙攣《けいれん》し、中が熱いもので満たされる。

そして翔也自身も、腹の間に飛び散るものが、自分が放ったものだとわかり……

そのままゆっくりと、心地いい倦怠感《けんたいかん》の中に、意識が沈んでいった。

「かわいかったよ」

嗣人がそう言って、翔也に口付ける。

正気に戻ると翔也は、やはりあれこれ思い出すことが恥ずかしくてたまらない。

しかし嗣人は鼻まで布団にもぐろうとする翔也の額を人差し指で軽くつつく。

「翔也は、私に満足してくれたんだろうか。この先も私と愛し合ってくれる気はあるのか、それとももう二度とごめんなのか、知りたいんだが」

もちろんそれは冗談だとわかっている。

そして嗣人には、翔也がどれだけ感じていたのかお見通しだということも。

そしてそれでも、翔也から何か言葉を引き出してみたいのだということも、わかっている。

「また……したい、です」

嗣人は一瞬目を見開き、それからくっと喉の奥で笑った。

「そうか、そう思って貰えたならよかった。私はまだまだ翔也を知り足りないような気がしているからね」

そう、身体を重ねるということは、相手をより深く知るということ。

それは翔也にもわかった。

ただ……

「いろいろ想像していたのと、違って、ちょっとびっくりして」

目のきわぎりぎりまで布団に潜りながら翔也が言うと、嗣人の笑みが深くなる。

「うん、そうだね。それは私も同じだ」

そう言って、一緒になって軽い羽根布団の下に潜り込み、翔也と視線を合わせる。

「翔也は、性的な予備知識はある程度仕入れてはいても、恋愛については何も学んでこなかったのだろう。しかしそれは、私も一緒なんだよ」

翔也は思わず嗣人の目を見つめ返した。

自分についてはもちろん、当たっている。

半端な知識ばかりあって、恋など知らなかった。

だが嗣人もそうだというのだろうか？

嗣人は甘く、目を細めた。

「市崎先生に対して、淡い恋心のようなものはたぶん、あったと思う。だがこんなふうに、心からいとおしいと思い、守りたいと思い、同時に身体も心もひとつに溶け合ってしまいたいと思ったのは、翔也がはじめてだ」

それは……嗣人にとっても、翔也がはじめての、本当の恋愛の相手だという意味にとっていいのだろうか……？

そして翔也は、その「本物の恋愛の相手」を表す言葉を、知りたいと思う。

「あの……僕と嗣人さんは、恋人同士……で、いいんでしょうか……？」

言ってしまってからまた、恥ずかしくなって、翔也は赤くなった。

しかし嗣人はふと、真面目な顔になって額と額をつける。

「そうだね。公式には叔父甥《おじおい》で、刀根家の当主と後継者で……そして、真実は恋人同士であり、そして家族だ。つまり、翔也は私のすべてだと、思う」

その言葉が翔也の胸にじんわりと染み通り、そして幸せな気持ちでいっぱいになる。

つまり、翔也にとっても嗣人はすべてだ。

翔也はとうとう、自分の居場所を見つけたのだ。

すると嗣人が静かに尋ねた。

「翔也、幸せだと思ってくれているんだね？」

それを……嗣人は最初から気にしてくれていたのだ。

翔也が刀根家に入ることで、幸せになるかどうか。

そして翔也は今、間違いなく幸せだ……想像もしなかったかたちで。

「はい、幸せです……嗣人さんは？」

自分の幸せだけではなく、相手も幸せでいてほしい。

それは翔也だって同じだ。

嗣人は微笑んだ。

「幸せだよ。だが、翔也が自分からキスしてくれたらもっと幸せになるかもしれないな」

空気が、また甘く変化したような気がした。

キスの先にまた、続きがあるかもしれないと思わせるような。

何しろ夜は長いのだ。

翔也は、恋人同士として、自分から嗣人にするはじめてのキスだと思いながら嗣人に顔を近寄せ……そして、唇が重なった。


「恋は、誤算でした」

藤倉が、例によって淡々と、冷静に、言った。

「幼いうちに引き取られた子どもが、実の親子以上の絆《きずな》を結ぶ例は多いですし、学院としてもそれを理想としてきましたが……恋は、これはあまり想定していなかった」

いつもの、球形のレンタルオフィスで、三人はまた向かい合っている。

「それは、学院としては好ましくない状態だ、ということなのだろうか？」

嗣人が尋ねると、藤倉は首を振る。

「想定外ではありますが、それは個人と個人の感情の問題ですから」

そう言って翔也を見る。

「私たちにとって計算外だったのは、きみの一途《いちず》さ、きみの愛情深さだったのだろう。だがそれで、きみが幸福なら構わない」

一途さ、愛情深さ。

そう言われても翔也にはぴんと来ない。翔也にとっては嗣人が嗣人であったから、そして嗣人と自分が出会うべくして出会った結果が今なのだとしか思えない。

藤倉は再び嗣人に視線を戻す。

「この間、私は翔也が幸福であるかどうかを尋ね、翔也は答えられませんでした。あなたが距離を置くことに賛成したのも、そのためでしょう。しかしそれが行き違いであり、結果的に彼が、自分が幸福でいられる場所を見つけたのなら、それは私たちの望んだ結果になった、ということなのです」

名家の後継者を送り出す役割は、社会的な必要性に応じたものだ。

だが学院は、ただ機械的に、注文に合う少年を見繕って出荷しているだけではないのだと藤倉の言葉の意味を、翔也は嚙み締める。

「ところで」

藤倉は話題を変えた。

「例の男はどうなりました？　こちらとしても、ある程度の学院の情報を摑み、しかも好意的ではない相手の動向は知っておかなくてはなりませんので」

「明通か」

嗣人は頷いた。

あのあと明通は、当然ながら傷害で逮捕された。だが嗣人と祖母はじめ一族内の話し合いで、一族が責任を持つと明言した結果、不起訴となっている。

「刑事罰は一族の不祥事でもあるから回避したが、それなりの責任は取って貰おうと思ってね。彼のくだらない事業は整理させ、物産の、西アフリカ支社長を命じた」

「……それは、出世ではないのですか？」

藤倉が不思議そうに尋ねると、嗣人は片頬でにやりと笑った。

「砂漠の真ん中にある小さな街の、冷房すらない木造の建物で、現地通訳以外に部下も持たない支社長が出世だと言うならな」

「ならばそれは、当人にとっては相当な罰になるのでしょうが」

藤倉が、わずかに首を傾げる。

「しかし、目が行き届かないという心配は？」

「南半球統括本社が常に見張っている。虚言癖があるので、あまり言うことを信頼しないようにという注意つきで」

「それならば、学院としても安心です」

二人の会話を聞きながら、翔也は、明通に対する処遇はそれで正解なのだと、改めて思った。

最初に嗣人から聞いたときは、まるで砂漠に捨てるようで厳しすぎるのではと思ったのだが……それでも、関連会社の製品をひとつでも、ある程度の量売ることができればもう少しましな場所に異動させると希望を与えてあるのは、温情なのだろう。

そういう嗣人の、断固として、なおかつ百パーセント追い詰めないやり方も、自分はこれから学んでいかなくてはいけない。

「そうそう」

藤倉は、ふと、かすかに口もとを綻《ほころ》ばせた。

「彼の言動についての資料を読んだ中で、ひとつだけ気に入った言葉があります。彼は学院のことを『御曹司養成所』と呼んでいたようですが、あれは学院を表す隠語としてはなかなか面白いものだと思いました」

確かに……たとえばこれが「御曹司製造所」などだったら、いかにも偽者を作って送り出すという感じだが、養成所なら、御曹司と呼ばれるにふさわしい教育を授ける場所、という感じでもある。

「まあ、それは余計なことです。こちらとしては、すべての確認は終わりました」

藤倉はそう言って立ち上がった。

嗣人と翔也も立ち上がる。

「それでは、これで。今後刀根家が、学院の支援者に名を連ねてくださるというお申し出は、ありがたく理事長に伝えます」

「ああ、何十年後かにまた、学院の世話になるときが来るかもしれないので、あそこがなくなっては困るからね。どうか、理事長によろしく伝えてください」

嗣人と藤倉は軽く握手をし、それから、翔也と藤倉も同じように握手をする。

出ていく藤倉を見送り、嗣人と翔也は顔を見合わせた。

「これで、すべて終わった」

学院と翔也の関係はこれで完全に存在しないことになり、刀根家は後継者を得て、そして……翔也は自分の居場所と、愛する人を得た。

この先、公《おおやけ》には嗣人の仕事を手伝い、支える存在となり……そして私的には、嗣人に幸せにしてもらうだけでなく、自分も嗣人を幸せにする。

明確な明るい道が、自分の前にある。

すべては終わり、そしてここから始まるのだ、新しい日々が。

「帰ろうか」

嗣人が言い、翔也に手を差し出す。

「はい」

翔也はその手に、自分の手を載せる。

すると嗣人が尋ねた。

「どっちに?」

嗣人は、生活の軸足を本邸に移したが、ホテルの部屋は維持してある。

翔也と甘い時間を持つために。

今は夜の八時過ぎ。

宮越には「場合によってはホテルに戻るから、九時を過ぎたら戸締まりをしてくれていい」と言い置いているのを、翔也は聞いている。

「……ホテルに」

耳まで赤くなりながらも翔也はそう答え、

「よく言えた」

嗣人が甘く微笑んで顔を近寄せてくるのを、唇にもう嗣人の熱を感じているような気がしながら、翔也は待ち受けた。

あとがき

このたびは「溺愛関係　御曹司養成所」をお手にとっていただき、ありがとうございます。

漢字ばかりが並んだタイトルになりましたが……お目にとめていただけたでしょうか。

タイトルというものには字数制限もありますし、でも「御曹司養成所」という言葉はどうしてもタイトルに入れたくて、しかしすでにこの字面が漢字ばっかりですし、と悩みに悩んで担当さまと相談した結果……開き直ったかのような、全部漢字のタイトル（笑）！

でも、興味を持っていただけるタイトルになったのではないかと思います。

さて、御曹司養成所。

なんでこんなものを思いついたのかよくわからないのですが、たぶん、最初はちょっと変形の学園ものをやってみたかったような気がします。

御曹司を養成して、名家に送り込む学校。

最初の発想からして現実離れしているので、最初は近未来のお話にしようかと思ったのですが、担当さまの助言もあり「今現在、実際にどこかに存在しているかもしれない」という現代の設定にしてみました。

そして、お話も「御曹司養成所」の中というよりは、ここ出身の翔也が、外の世界でどうやって自分の「居場所」を見出していくか、というものになっています。

その居場所は当然、攻めさま、嗣人の腕の中。

……これくらいなら、あとがきネタバレにはなりませんよね（笑）？

実を言うと、この「御曹司養成所」についてはもうちょっと書いてみたい別キャラの話もあって、実現すればいいなあ……と思っているのですが、どうでしょうか。


さて、イラストはすずくらはる先生です！

かわいくて素敵な表紙に悶絶中。

タイトルだけだとどういう方向のお話かちょっとわかりにくいかもしれませんが、すずくら先生の絵のおかげで、雰囲気がわかっていただけるのではないかと思います。

本当にありがとうございます！


そして担当さまとも、この本で四冊目のお付き合いとなりました。

しばらく何ごともなさそう……とこちらが油断している間に、実は水面下でいろいろなことをてきぱき進めてくださっていたりして、本当に頼りになる担当さまです。

今回もいろいろお手数をおかけしました。

今後ともよろしくお願い致します。

最後に、この本を手にとって下さったすべての方に、心より御礼申し上げます。よろしければ編集部宛に感想などいただけますと、とてもとても励みになります。
また、次の本でお目にかかれますように。

夢乃咲実

✦初出　溺愛関係　御曹司養成所……………書き下ろし

夢乃咲実先生、すずくらはる先生へのお便り、本作品に関するご意見、ご感想などは
〒151-0051 東京都渋谷区千駄ヶ谷 4-9-7
幻冬舎コミックス　ルチル文庫「溺愛関係　御曹司養成所」係まで。

幻冬舎ルチル文庫

溺愛関係　御曹司養成所

2019年11月20日　第1刷発行

✦著者	夢乃咲実　ゆめの さくみ
✦発行人	石原正康
✦発行元	株式会社 幻冬舎コミックス 〒151-0051 東京都渋谷区千駄ヶ谷 4-9-7 電話 03(5411)6431［編集］
✦発売元	株式会社 幻冬舎 〒151-0051 東京都渋谷区千駄ヶ谷 4-9-7 電話 03(5411)6222［営業］ 振替 00120-8-767643
✦印刷・製本所	中央精版印刷株式会社

✦検印廃止

ISBN978-4-344-84572-5　C0193　Printed in Japan

本作品はフィクションです。実在の人物・団体・事件などには関係ありません。

幻冬舎コミックスホームページ　http://www.gentosha-comics.net

「幻冬舎ルチル文庫」
大好評発売中
夢乃咲実
【初恋記念日】
財閥の後継者として育てられた真生は、幼い頃からずっと傍にいた教育係の神原と近頃は距離を感じてしまっていた。寂しさと戸惑いを覚えながら、淡々といつもと変わらない日々を過ごしていた真生。しかし、ある日静養中の別邸にヒロと名乗る闖入者が現れる。明るい彼と真生は仲良くなるが、一方で神原が教育係を辞めることになり……。
本体価格660円+税
イラスト
カワイチハル
発行●幻冬舎コミックス　発売●幻冬舎